정글북

러디어드 키플링 지음

1907년 노벨문학상을 수상한 영국의 소설가이자 시인으로, 화가이자 학자인 아버지와
명문가의 딸인 어머니 사이에서 태어났지만 여섯 살부터 5년 동안 다른 가정에 양자로 보내져 불안정한
어린 시절을 보냈습니다. 그러나 20대 초반에 시집 「부문별 민요 모음」, 단편 소설집 「고원 설화」 등을 펴낸 뒤,
중국 · 일본 · 미국 · 아프리카 등지를 여행하고 돌아와 작품 활동에 몰두했습니다. 특히 인도 · 해양 · 밀림 · 야수 등을 다룬
동화집 「정글북」과 소설집 「킴」 등을 발표하여 당대 최고의 작가라는 찬사를 받았습니다. 이와 함께 「칠대양」 「퇴장」 등에서
당시의 대영 제국주의를 옹호함으로써 애국 시인으로 일컬어지며 대중적 인기를 얻었습니다.
그 밖의 저서로 소설집 「약해진 불꽃」 「대차」, 시집 「다섯 나라」 등이 있습니다.

조대현 엮음

강원도 횡성에서 태어나 서라벌예술대학과 단국대학교에서
문학을 공부하였습니다. 1966년 서울신문 신춘문예에 동화 「영이의 꿈」이 당선되어
문단에 나와, 동화집 「빨강우산」 「거울의 집」 「범바위골의 매」 「별난 아이」 「소리를 먹는 나팔」 「잠 깨는 산」
「막내 도토리의 세상 배우기」 「돌 속의 새」 등 40여 권을 펴내 한국아동문학상 · 소천아동문학상 ·
한국어린이도서상 · 어린이문화대상 · 방정환문학상 등을 받았습니다. 오랫동안 서울에서 중고등학교
교사로 근무하면서 독서 운동에 힘을 기울였습니다. 동덕여자대학교에서 아동 문학을
강의하였으며, 한국아동문학인협회 회장으로도 활동하였습니다.

2025년 03월 15일 2판 7쇄 **펴냄**
2011년 09월 10일 2판 1쇄 **펴냄**
2004년 04월 01일 1판 1쇄 **펴냄**

펴낸곳 (주)효리원
펴낸이 윤종근
지은이 러디어드 키플링
엮은이 조대현 · **그린이** 장인한
등록 1990년 12월 20일 · **번호** 2-1108
우편 번호 03147
주소 서울시 종로구 삼일대로 457, 406호
전화 02)3675-5222 · **팩스** 02)765-5222

ⓒ 2004 · 2011, (주)효리원

ISBN 978-89-281-0113-9 64840

이메일 hyoreewon@hyoreewon.com
홈페이지 www.hyoreewon.com

소중한 _____ 에게

_____ 가(이) 선물합니다.

_____

정글북

러디어드 키플링 지음
조대현 엮음 / 장인한 그림

효리원
hyoreewon.com

이 책은 1894년 영국의 작가 러디어드 키플링이 쓴 동물 소설이다. 그는 영국인이지만 인도에서 태어나 그곳에서 자랐기 때문에 인도를 배경으로 여러 편의 소설을 썼다. 그중에서도『정글북』은 오랜 세월 동안 세계 여러 나라 사람들에게 읽히면서 지금은 세계 명작으로 꼽히는 고전이 되었다.

정글북이란 '밀림의 이야기'라는 뜻인데, 제목 그대로 이 소설은 인도의 밀림 속에서 벌어지는 동물과 인간 사이의 모험을 그린 이야기다.

어느 날, 호랑이의 습격을 받은 젖먹이 아이가 부모와 떨어져 시오니산 늑대 굴로 오게 된다. 늑대 부부는 아이에게 '모글리'라는 이름을 지어 주고 젖을 먹여 기른다. 이때부터 모글리를 잡아 먹으려는 호랑이와 모글리 사이에 팽팽한 대결이 시작된다. 그러나 모글리에게는 동물이 갖지 못한 인간의 지혜가 있기 때문에 몇 배나 힘이 센 호랑이를 죽이고 밀림의 평화를 다시 찾는다.

그 밖에도 이 책 속에는 사람의 말과 생활을 배우지 못한 모글리가 인간 사회에 내려와 적응하는 모습, 동물보다도 못한 추악한 인간을 만나 분노하고 싸우는 등 인간과 동물의 삶을 대비시켜 생각하게 하는 내용이 많이 들어 있다. 이 책이 현실적으로 있을 수 없는 공상의 세계를 그렸지만 결코 허황되지 않고 진실한 감동을 주는 까닭도 이런 생각거리가 풍부하게 담겨 있기 때문이다.

　이 책을 통해 작가가 말하려는 것은 크게 두 가지라고 할 수 있다. 하나는 질서와 용기, 단결과 투지 같은 가치관에 관한 것이고, 다른 하나는 자연의 섭리에 관한 것이다. 밀림 속의 동물들은 남의 사냥터에 함부로 들어가지 않고, 대장의 권위에 복종하며, 위기가 닥쳤을 때는 목숨을 걸고 싸워 영역을 지키는 등 단순하지만 철저한 규범을 지키며 살아간다. 그런가 하면 그런 규범 속에서 야생으로 자란 모글리가 나이를 먹으면서 인간 사회를 그리워하는 것은, 아무도 자연의 섭리를 거스르지 못한다는 가르침인 것이다.

　이 책을 읽는 어린이들이 동물들의 삶을 통해 무엇이 옳고 그른가를 판단하고 생각하는 시간이 많았으면 좋겠다.

엮은이 조대현

늑대 굴에 나타난 아이

해가 넘어간 뒤에도 시오니산(인도에 있는 산 이름)의 더위는 식을 줄 몰랐다.

"아-흠."

늘어지게 낮잠을 잔 아빠 늑대는 길게 하품을 하면서 옆을 돌아보았다. 태어난 지 얼마 안 된 새끼 네 마리는 아직도 곤히 자고 있었다. 그 옆에는 엄마 늑대가 배를 깔고 누워 새끼들의 털을 핥아 주고 있었다.

"이제 또 사냥을 나갈 시간이군."

아빠 늑대는 동굴 밖에 환히 비치는 달빛을 내다보며 기지개를 켜더니 벌떡 일어섰다.

그때 동굴 입구가 어두워지면서 꼬리털이 텁수룩한 짐승 한 마리가 굴속으로 고개를 디밀었다. 시오니산에서 '접시 핥기'로 불리는 살쾡이 타바키였다. 녀석은 염치고 체면이고 가리지 않고 아무 굴이나 불쑥불쑥 찾아다니며 다른 짐승들이 먹다 남긴 음식 찌꺼기를 얻어먹는 떠돌이였다. 그래서 별명도 접시 핥기였다. 거기다가 하는 짓이 치사해서 아무도 상대하려고 하지 않았다.

　타바키는 인사도 없이 굴 안으로 들어와서는 유들유들한 목소리로 이죽거렸다.

　"여, 늑대 나리, 사냥을 나가시는 모양이지요? 암, 그래야 새끼들을 배불리 먹이고, 덕분에 이놈도 얻어먹을 부스러기가 생기지요. 내가 지금 몹시 배가 고픈데 먹을 것 좀 없을까요?"

　그러고는 주인의 허락도 받지 않고 굴속을 뒤지더니, 먹다 남은 사슴 뼈를 찾아서 자고 있는 새끼 늑대들 옆에 앉아 요란한 소리를 내며 뜯어먹었다.

　엄마 늑대가 그런 타바키를 못마땅한 눈으로 쏘아보았다.

　눈 깜짝할 사이에 사슴 뼈를 다 먹어 치운 타바키가 이번에는 엄마 늑대를 보고 놀리듯이 말했다.

　"시아칸이 다음 달부터 이곳으로 사냥터를 옮긴다는 소식을 들으셨지요?"

"뭐? 시아칸이 이곳으로 사냥터를 옮긴다고? 누구 맘대로?"

아빠 늑대가 먼저 불끈 화를 냈다.

"허, 나한테 이러지 마십쇼. 난 소식을 전하는 것뿐이니까."

타바키는 한 발짝 뒤로 물러서며 여전히 능글맞은 눈으로 아빠 늑대를 바라보았다. 아빠 늑대는 그런 타바키를 노려보며 단호한 목소리로 말했다.

"이 산속에서 제멋대로 사냥터를 옮길 수는 없어. 그게 밀림의 규칙이야. 만일 시아칸이 이곳으로 사냥터를 옮기면 우리 사냥감이 모두 달아나게 돼. 그럼 우리는 꼼짝없이 굶어 죽게 된다고."

시아칸은 밀림에서 멀리 떨어진 와잉궁가강변에 사는 절름발이 호랑이였다. 녀석은 성질이 난폭한 데다 사람까지 해치는 일이 잦아 시오니산에서는 공포의 대상으로 알려져 있었다. 아빠 늑대가 화를 내는 것도 그 때문이었다. 시아칸 같은 맹수가 가까이 오면 늑대들의 먹이인 사슴이나 토끼가 모두 달아나 밀림의 질서가 깨지고, 그러면 결국 모두 죽게 될 것이 뻔했다.

아빠 늑대의 말을 받아 엄마 늑대도 말했다.

"당신 말이 맞아요. 그 절름발이 호랑이가 이 산으로 오면 총을 가진 사람들도 따라올 거예요. 그럼 우리까지 위험해져요. 어디 그뿐이겠어요? 사람들이 호랑이를 잡기 위해 불이라도 놓는 날이면 아직 걷지도 못하는 우리 아기들이 어떻게 되겠어요. 아, 그건 절대로 안 돼요!"

말이 끝나기가 무섭게, 타바키가 기다렸다는 듯이 다시 이죽거렸다.

"지금 하신 그 말씀, 시아칸한테 가서 그대로 전해도 될까요?"

"이런 괘씸한 놈! 어서 썩 나가라. 가서 시아칸의 꽁무니나 따라다니며 썩은 고기 찌꺼기나 얻어먹고 살아라."

아빠 늑대가 더 참지 못하고 목덜미 털을 세우며 벌떡 일어섰다. 그제야 타바키는 슬그머니 꼬리를 내리고 밖으로 나가면서 기분 나쁘다는 듯이 투덜거렸다.

"흥, 두고 봅시다."

타바키가 사라진 뒤에도 아빠 늑대와 엄마 늑대는 분을 삭이지 못해 한참 동안 말도 못 하고 앉아 있었다. 그런데 얼마쯤 지났을까. 저 아래 골짜기에서 호랑이의 으르렁거리는 소리가 들렸다.

"어흥! 어흥! 어흐으으웅!"

아빠 늑대가 바짝 긴장한 목소리로 중얼거렸다.

"정말 시아칸 놈이 나타났군. 그런데 소문과는 달리 매우 어리석은가 보군. 저렇게 고함을 지르면 사냥감이 모두 달아나 버리지 그냥 있나? 여기 밀림의 짐승들이 사람 마을의 가축들처럼 느림보들인 줄 아는 모양이지?"

그러나 엄마 늑대는 한참 귀를 기울이고 있다가 무겁게 고개를 저었다.

"아녜요, 저건 짐승을 노리는 소리가 아니에요. 저건 사람을 공격할 때 내는 소리가 틀림없어요."

"뭐? 사람을 공격하는 소리라고?"

아빠 늑대도 가만히 귀를 기울이더니 아내의 말이 맞다는 듯 고개를 끄덕였다.

"음, 그런 것 같군. 하필이면 왜 우리 사는 골짜기에 와서 사람을 해친담? 사람을 해치면 반드시 보복이 따르는 법인데……."

"그러게 말이에요."

아빠 늑대와 엄마 늑대가 이렇게 걱정을 하고 있을 때, 이번에는 호랑이의 고함이 갑자기 비명으로 바뀌었다. 그것도 크게 다쳐 울부짖는 소리 같았다.

감각이 예민한 엄마 늑대가 짐작이 간다는 듯 소곤거렸다.

"저놈이 아무래도 사람을 해치려다, 그들이 피워 놓은 모닥불에 발을 데었나 봐요. 그렇지 않고서는 저렇게 크게 비명을 지를 시 아칸이 아니에요."

"그래, 당신 말이 맞는 것 같아. 저렇게 괴로워하는 걸 보면 사람은 무사히 도망을 가고, 시아칸만 다쳐 애를 쓰는 모양이지? 그거 아주 잘됐군."

아빠 늑대와 엄마 늑대가 안도의 숨을 내쉬고 있는 동안 시아칸의 울음소리는 서서히 잦아들었다. 얼마 뒤에는 소리가 완전히 사라지고 다시 주위가 조용해졌다. 그러나 시아칸이 아직도 멀지 않은 곳에 숨어 있을지 모른다는 두려움에 아빠 늑대는 사냥을 포기하고 그냥 굴속에 눌러앉았다. 그러다가 다시 졸음이 몰려와 그 자리에 얼굴을 박고 막 잠이 들려고 할 때였다. 밖에서 나뭇잎이 흔들리는 듯한 가느다란 소리가 들렸다.

이번에도 신경이 예민한 엄마 늑대가 그 소리를 먼저 듣고 벌떡 일어나며 아빠 늑대의 옆구리를 쿡 찔렀다.

"여보, 누가 이리로 올라오나 봐요."

"음……."

아빠 늑대도 부스스 몸을 일으켜 밖에 대고 귀를 기울였다. 분명히 누군가 굴 앞으로 다가오는데, 쥐죽은 듯 조용한 밤중인데도 전혀 경계를 하지 않는 듯했다. 밀림의 동물 같으면 아무리 우거진 숲이라도 소리를 죽여서 조심스레 움직이게 마련인데, 지금 들리는 소리는 동물의 움직임과는 아주 달랐다.

아빠 늑대는 온몸의 털을 곤두세우고 살금살금 굴 밖으로 나갔다. 아무것도 모른 채 자고 있는 새끼들을 위험에서 보호해야 한다는 부모의 본능이었다.

조용히 굴 밖으로 나온 아빠 늑대는 바위 뒤에 몸을 웅크리고 소리가 더욱 가까워 오기를 기다렸다. 굴 바로 앞 수풀에서 무엇이 반짝하고 빛나는 것을 본 순간 껑충 뛰어올라 수풀에 뛰어들었다. 날카로운 발톱과 이빨을 최대한 세운 몸놀림이었다. 그러나 잠시 뒤 땅바닥에 내려앉았을 때는 발톱도 이빨도 접은 채였다.

"아니, 이건 사람의 아이야!"

그랬다. 굴 앞에 나타난 것은 시아칸도 아니고 타바키도 아닌, 발가벗은 사람의 아이였다. 그것도 이제 막 걸음마를 배운 듯한 어린아이였다.

아빠 늑대는 뜻밖의 침입자(?)를 어떻게 해야 할지 몰라 멍하니 바라보기만 했다.

아이는 아빠 늑대를 보고도 무서워하기는커녕 방글방글 웃으면서 더욱 바짝 다가왔다. 달빛을 받은 아이의 동그란 어깨가 눈부시도록 반짝거렸다.

그때 굴 안에서 기다리던 엄마 늑대가 밖으로 고개를 내밀고 소리쳤다.

"여보, 뭐예요?"

"응, 사람의 아이가 나타났소."

"네? 뭐라고요? 사람의 아이라고요?"

"그렇다니까. 그것도 아주 귀여운 어린아이요."

"어머나! 이리 좀 데리고 와 봐요."

엄마 늑대가 호기심에 찬 목소리로 재촉했다. 아빠 늑대는 제 새끼를 물어 나를 때처럼 아이의 목덜미를 다치지 않게 물고 조심조심 굴 안으로 들어갔다.

발가벗은 사람의 아이를 처음 보는 엄마 늑대도 신기해서 벌린 입을 다물 줄 몰랐다.

"어머나, 정말 사람의 아이네요. 어쩜, 귀엽기도 해라. 그런데 몸에 털이 하나도 없어서 건드리기만 해도 다치겠어요."

엄마 늑대가 신기해 하는 사이 아이는 엉금엉금 기어 엄마 늑대의 배 밑으로 가더니, 두 손으로 젖을 잡아 물고는 정신없이 빨기 시작했다.

"어머나, 이것 좀 보세요. 애가 내 젖을 빨아요. 세상에! 사람의 아이가 늑대 젖을 빤다는 말은 들어 본 적이 없는데……."

엄마 늑대는 젖꼭지에 느껴지는 아이의 입술 감촉이 신기한지 싱긋싱긋 웃기까지 했다.

아빠 늑대와 엄마 늑대가 이렇게 사람의 아이를 바라보며 넋을 놓고 있을 때, 다시 동굴 입구가 어두워지더니 살쾡이 타바키의 간사한 목소리가 들렸다.

"시아칸 님, 여깁니다. 사람의 아이가 이 굴속으로 들어가는 것을 제가 똑똑히 봤습니다."

뒤이어 호랑이 시아칸의 굵은 목소리가 굴 안에 쩌렁쩌렁 울렸다.

"이봐, 내 먹잇감을 이리 내놓으시지. 사람의 아이는 내가 먹으려다 놓친 거야."

엄마 늑대의 짐작대로였다. 시아칸은 골짜기로 야영 나온 사람들을 공격했고, 그들이 피워 놓은 불에 발을 데는 바람에 사람을 모두 놓치고 발이 아파 쩔쩔매고 있었다. 그러다가 뒤늦게 타바키에게서 아이의 이야기를 듣고 먹잇감을 찾겠다고 온 것이었다. 어쩌다 동굴로 들어가는 사람의 아이가 타바키 눈에 띄고 말았을까.

아빠 늑대는 은근히 겁이 나기도 했지만 늑대의 자존심을 잃지 않으려고 일부러 뻣뻣한 소리로 대꾸했다.

"나에게 이래라저래라 명령하지 마시오."

"뭐라고? 이 시아칸님을 어떻게 보고 하는 소리야?"

불에 데어 가뜩이나 화가 나 있던 시아칸은 약이 올라 펄쩍 뛰었다. 그러나 동굴 입구가 좁아 덩치 큰 시아칸이 들어올 수 없다는 것을 잘 아는 아빠 늑대는 조금도 기죽지 않고 침착하게 말했다.

"당신도 알다시피 이곳은 우리 늑대들의 사냥터요. 당신은 이곳에 들어올 자격이 없소. 그러니까 당장 물러가시오. 사람의 아이는 살리든지 죽이든지 그건 내가 알아서 할 테니 당신은 간섭하지 마시란 말이오."

"아니, 이런 건방진……. 내가 밀림의 대왕 시아칸이라는 것을 모르고 하는 소린가? 그 아이를 어서 내놔. 그렇지 않으면 너희 가족을 모두 해치고 말 테다!"

이제까지 가만히 듣고만 있던 엄마 늑대가 불끈하고 일어섰다. 남의 사냥터를 무례하게 침범해 들어온 것만 해도 화가 나는데, 가족까지 해친다는 말을 듣고는 더 참을 수가 없었던 것이다.

"흥, 당신이 밀림의 대왕이라고요? 그렇다면 나는 라쿠샤(밀림의 악마라는 뜻)예요. 이 아이가 우리를 찾아온 이상 절대로 당신에게 내줄 수 없어요. 내가 기를 거예요. 당신 같은 호랑이도 무서워하지 않는 밀림의 왕자로 키울 거라고요. 아셨죠? 알았으면 어서 돌아가세요."

엄마 늑대까지 나서자 시아칸은 분해서 견딜 수 없는지 앞발로 동굴 입구를 북북 긁었다. 그러나 그럴수록 불에 덴 제 발만 아프다는 것을 깨달았는지, 돌아서며 이를 부드득 갈았다.

"오냐, 두고 봐라. 오늘은 사정이 있어 내가 그냥 간다만, 그 아

이는 반드시 내 먹이가 될 것이다. 자, 가자! 타바키."

시아칸과 타바키의 그림자가 멀리 사라지자 엄마 늑대는 비로소 한숨을 푹 내쉬며 품에 안은 사람의 아이를 더욱 꼭 껴안았다.

아내의 모습을 보고 아빠 늑대가 조심스럽게 물었다.

"당신 정말 이 아이를 키울 작정이오?"

엄마 늑대는 아까보다 더 정이 묻어나는 소리로 대답했다.

"암요, 내가 길러야죠. 날 엄마로 알고 이렇게 매달리는데 어떻게 시아칸 같은 놈에게 내줘요? 그건 안 되지요. 모글리(개구리란 뜻의 인도 말)처럼 몸에 털이 없는 게 좀 이상하지만, 아무러면 어때요. 우리 아이들과 똑같이 기를 거예요."

엄마 늑대의 결심이 워낙 확고해 아빠 늑대는 아무 말도 못 하고 아이를 바라보기만 했다. 사람의 아이는 엄마 늑대의 젖을 놓고 새끼 늑대들 사이에 쓰러져 쌔근쌔근 코를 골며 잠들어 있었다.

엄마 늑대는 아이가 볼수록 신기하다는 듯 눈웃음을 지었다.

"여보, 우리 이 아이의 이름을 모글리라고 지어요. 생긴 것이 꼭 모글리 같아요."

아빠 늑대는 말없이 고개를 끄덕였다. 그러면서도 마음속에 걸리는 바가 있었다. 과연 다른 늑대들이 사람의 아이를 늑대의 무리로 받아들여 줄까 하는 걱정이었다.

시오니산 늑대들은 매달 보름밤이면 밀림 속 바위산에 모이는 의식이 있었다. 새로 태어난 새끼들이 혼자 걸어다닐 쯤 되면 늑대 부모들은 아이들을 회의장에 데리고 나가 선을 보여야 했다. 그것은 어른 늑대들에게 새로 태어난 아이들의 얼굴을 익히게 함으로써, 위험이 닥쳤을 때 그들을 보호하기 위한 제도였다.

때가 되면 모글리도 그 의식을 치러야 이 밀림에서 살 수 있었다. 그런데 과연 늑대들이 사람의 아이를 같은 무리로 인정해 줄지, 아빠 늑대는 그것이 걱정스러웠다.

밀림의 규칙

어느덧 새끼 늑대 네 마리가 혼자 걸을 수 있게 되었다. 보름밤 회의에 데리고 나갈 때가 온 것이다. 모글리도 그 사이에 더욱 자라 걸음걸이가 처음 올 때보다 훨씬 능숙해졌다.

드디어 보름밤, 아빠 늑대와 엄마 늑대는 자기 새끼들과 모글리를 데리고 바위산으로 올라갔다. 바위산 정상에는 펑퍼짐한 바위가 있고, 그 아래가 넓은 공터였다. 공터에 밀림에서 모여든 늑대들이 빙 둘러앉고, 높은 바위에 대장 아케라가 앉았다.

늑대 무리의 우두머리인 아케라는 젊었을 때 사람들이 놓은 덫에 두 번이나 걸렸지만 용케 살아난 경험이 있었다. 또 언젠가는 사람이 휘두른 몽둥이에 맞아 반쯤 죽었다가 살아난 일도 있었다.

거기다가 힘이 세고 사냥을 제일 잘해 모든 늑대들의 존경을 받았다. 무법자 시아칸이 늑대 무리에게 함부로 하지 못하는 것도 아케라가 버티고 있기 때문이었다.

하늘에 달이 높이 떠오르고 온 산의 늑대들이 다 모이자, 아케라가 회의를 시작했다.

"자, 그럼 우선 새로 태어난 아이들을 가운데로 내보내시오. 이 아이들은 장차 우리 밀림의 새 주인이 될 것이니 하나하나 잘 보아 두도록 하시오. 위험이 닥쳤을 때는 먼저 이 아이들부터 구출해 내야 하오."

아케라의 명령이 떨어지자 어린 새끼들을 데리고 나온 늑대들은 서로 자기 아이들을 더 잘 보이게 하려고 애를 썼다. 어떤 엄마 늑대는 새끼들을 몰고 어른 늑대들을 찾아다니며 일일이 인사를 시키기도 했다. 그러면 어른 늑대들은 어린 새끼들에게 코를 대 보기도 하고 털 색깔을 살펴 그 특징을 알아 두려고 노력했다.

그러나 새끼들은 역시 철부지였다. 의식이 진행되는 도중에도 이리 뛰고 저리 뛰어 달아나는가 하면, 새로 만난 친구들과 어울려 엎치락뒤치락 장난을 치기에 바빴다. 어떤 녀석들은 여럿이 보는 앞에서 보기 좋게 쉬를 하기도 했다. 그래서 선보기 의식은 한바탕 웃음바다로 끝나기가 일쑤였다.

오늘도 떠들썩한 가운데 의식이 끝나 가자, 아케라가 주위를 돌아보며 다짐을 받듯 물었다.

"혹시 빠진 아이는 없소?"

이제까지 사람의 아이를 내보내야 하나 말아야 하나 망설이던 아빠 늑대는 이때다 하고 얼른 모글리를 무리의 한가운데로 밀어 넣었다.

"하나 더 있습니다."

아빠 늑대에 떠밀린 모글리는 무리 가운데로 아장아장 걸어 나오더니 바닥에 떨어진 하얀 조약돌을 집어 들고 방긋방긋 웃었다. 달빛에 비치는 조약돌이 반짝거려 모글리의 모습은 더욱 신비롭게 보였다.

이내 여기저기서 수군대는 소리가 새어 나왔다.

"아니, 저건 사람의 아이 아닌가?"

"사람의 아이를 어떻게 우리 무리에 넣어 준단 말인가?"

그때 멀지 않은 밀림 속에서 시아칸의 위협하는 듯한 소리가 들렸다.

"그 아이는 내 먹잇감이다. 늑대도 아닌 사람의 아이가 너희에게 무슨 소용이 있단 말인가? 그 아이를 나에게 넘겨라."

그러자 겁먹은 젊은 늑대들이 맞장구를 치며 나섰다.

"맞아. 사람의 아이가 우리에게 무슨 소용이 있어."

"괜히 시아칸의 비위를 건드리지 말고 당장 내주는 게 좋아."

그러자 아케라가 시아칸에게도 들리게 큰 소리로 외쳤다.

"우리 동료가 아닌 녀석의 말은 들을 필요가 없어. 자, 이 아이를 우리 동료로 받아들이는 데 찬성하는가, 반대하는가?"

아무도 선뜻 입을 열지 못했다. 눈앞에 아빠 늑대가 두 눈을 부릅뜨고 앉아 있었기 때문이다. 엄마 늑대도 '제발 우리 아이를 살려 주세요.' 하는 듯 애처로운 눈으로 동료들을 바라보았다.

만일 이 자리에서 두 마리 이상의 찬성을 얻지 못하면 모글리는 오늘 밤 안에 목숨이 끊어지게 되어 있었다. 그것이 밀림의 규칙이었다.

조마조마하게 몇 초의 시간이 지났을 때, 누군가 뒤에서 이렇게 말했다.

"나는 찬성이오."

그것은 뜻밖에도 늑대가 아닌 곰이었다. 원래 이 자리에는 늑대 아닌 동물은 참석할 수 없게 되어 있는데, 갈색 곰 바루는 유일하게 참석이 허락된 동물이었다. 그뿐만 아니라 발언하고 투표할 수 있는 권리까지 주어졌다. 그건 곰은 나무 뿌리나 열매, 벌꿀 같은 것을 먹어서 늑대들에게 전혀 피해를 주지 않고, 아는 것이 많아서 새끼 늑대들에게 밀림의 생활 규범을 가르치는 선생님 노릇을 하고 있기 때문이었다.

바루는 늑대들 앞으로 한 걸음 나서서 찬성하는 이유를 말했다.

"저 아이는 비록 사람이지만 절대로 나쁜 짓은 하지 않을 것이오. 보다시피 저 아이는 날카로운 발톱도 가지고 있지 않고 이빨도 없소. 거기다 살가죽이 연해서 조금만 건드려도 상처가 나게되어 있소. 저런 아이가 늑대들에게 무슨 피해를 주겠소? 만일 저아이를 동료로 받아들여 준다면, 내가 잘 가르쳐서 우리 동물들과훌륭한 친구가 되도록 하겠소."

듣고 있던 대장 아케라가 고개를 끄덕이며 말했다.

"좋소. 그러나 아직 한 명뿐이오. 누구 또 찬성하는 이가 없소?"

그러자 이번에는 바위 뒤에서 검은 표범 한 마리가 걸어 나오며외쳤다.

"나도 찬성이오."

시오니산에서 '밀림의 신사'로 불리는 표범 바기라였다. 바기라는 용감하고 대담하기로는 호랑이나 늑대보다 더했지만 밀림 속다른 동물들에게 절대로 해를 끼치지 않았다. 그래서 늑대 무리와도 가깝게 지내는 사이였다.

그는 회의장 한가운데로 천천히 걸어 나와 점잖게 말했다.

"나는 당신들 회의에 참석할 자격도 권리도 없지만, 그 대신 한 가지 제의를 하겠소. 만일, 여러분이 저 사람의 아이를 살려 준다면 내가 살찐 황소 한 마리를 내놓겠소. 방금 잡아서 아직도 따끈따끈한 황소 고기가 가까이에 있는데, 어떠시오? 내 청을 받아들여 주지 않겠소?"

그러자 이번에도 젊은 늑대들이 웅성웅성하며 일어섰다.

"좋아. 황소 고기를 먹을 수 있다면 저까짓 사람의 아이를 살리든 죽이든 무슨 상관이야. 그냥 내버려두어도 죽을 텐데."

"맞아. 저 개구리 같은 녀석은 여름 땡볕이나 겨울 찬비만 맞아도 죽을 텐데, 뭐 신경 쓸 게 있어? 그보다 맛있는 황소 고기가 몇 배 낫지."

늑대들은 그러면서 황소 고기가 있다는 곳으로 떼를 지어 몰려갔다. 남은 것은 대장 아케라와 바루, 바기라, 그리고 아빠 엄마 늑대와 모글리뿐이었다.

아케라가 아빠 늑대와 엄마 늑대를 번갈아 바라보며 판결을 내리듯 말했다.

"그럼 둘의 찬성을 얻었으니 이 아이를 우리의 무리로 받아들이기로 하겠다. 데리고 가서 밀림의 늑대답게 잘 기르도록 하라."

그때, 어둠 속에서 또다시 시아칸의 고함 소리가 들려왔다.

"두고 봐라. 그 아이는 꼭 내 먹잇감이 되고 말 것이다."

"흥, 실컷 떠들어라. 머지않아 이 아이가 네 숨통을 끊어 놓게 할 것이다."

바기라가 아니꼽다는 듯 어둠 속을 바라보고 중얼거렸다.

바루도 대장 아케라를 바라보고 말했다.

"두고 보시오. 사람의 아이는 슬기로우니까 훗날 우리 밀림을 위해서 좋은 일을 하게 될 것이오. 내가 저 아이를 살리자고 한 것도 먼 훗날을 생각해서 한 결정이오. 어쩌면 당신도 저 아이의 도움을 받게 될 날이 올지 모르오."

그 말에 아케라는 머리를 하늘로 쳐들고 잠시 무엇을 생각하는 표정이 되었다.

밀림에서는 대장이 늙고 병들어 사냥을 못 하면 젊은 늑대 가운데 힘센 녀석이 나타나 대장을 죽이고 그 자리를 차지하는 풍습이 있었다. 오랜 세월 동안 내려오는 늑대 사회의 전통 같은 것이었다. 그것은 나쁜 풍습임을 알면서도 쉽게 고쳐지지 않았다.

아케라는 바루의 말에서 장차 다가올 그날을 생각하고 모글리를 다시 보게 되었다.

'저 아이가 커서 정말 나에게 도움되는 일을 할 수 있을까?'

늑대 사회의 가족으로 인정을 받은 모글리는 비록 거친 밀림 속이지만 아빠 엄마 늑대의 보살핌을 받으며 무럭무럭 자랐다.

모글리가 좀 더 자라 새끼 늑대들과 밀림 속을 뛰어다닐 수 있게 되자, 아빠 늑대는 우선 험한 산속에서 살아남을 수 있는 지혜를 가르쳐 주었다.

"숲속에 있을 때 풀이 살랑살랑 소리를 내면 주의해라. 너를 해치는 맹수가 거기서 튀어나온다."

"따뜻한 날 밤, 바람도 없는데 공기가 움직이면 머리 위를 조심해라. 너를 덮치는 큰 새가 나무 위에서 노리고 있을 것이다."

물론 이런 말은 모두 사람의 말이 아닌 동물끼리만 통하는 말이었지만, 늑대 가족들과 함께 사는 동안 모글리는 저절로 그 말을 알아듣고 표현할 수 있게 되었다.

엄마 늑대에게서는 따뜻한 사랑과 가족의 정을 배웠다. 엄마 늑대는 자기 새끼들을 대하는 것과 똑같은 정성으로 모글리를 키웠다. 아니, 새끼들보다 오히려 모글리에게 정성을 더 쏟았다. 모글리가 아주 어렸을 때는 젖만 먹여 길렀지만 젖을 뗀 후에는 따뜻한 사슴의 피를 구해 먹였다. 그러다가 이가 난 뒤에는 연한 고기를 씹어서 먹였다. 새끼 늑대들은 이미 날고기를 스스로 씹어 먹었지만, 모글리는 이가 난 뒤에도 혼자 씹어 먹을 힘이 없다는 것을 알았기 때문이다.

그뿐만이 아니었다. 새끼 늑대들은 아무 데서나 쓰러져 자면 됐지만 살갗이 연한 모글리는 그럴 수가 없었다. 그래서 마른 풀을 물어다 폭신폭신한 잠자리를 따로 만들어 재웠다.

이렇게 온갖 정성을 다하면서 엄마 늑대는 틈만 나면 모글리에게 당부했다.

"너는 언제나 저 절름발이 호랑이 시아칸을 조심해야 한다. 그놈은 네가 아주 어렸을 때부터 너를 잡아먹겠다고 벼르고 있단다. 알았니?"

그 말은 하도 많이 들어 이제는 귀에 못이 박일 정도였다.

그 밖에 산속에서 먹이 구하는 법, 나무 타는 법, 밀림에서 지켜야 할 예의 규범 같은 것은 늑대 무리의 선생님인 바루와 밀림의 신사 바기라에게서 배웠다.

갈색 곰 바루는 벌꿀과 나무 열매가 있는 곳을 잘 찾아내어 그것을 따 먹는 방법을 가르쳐 주었다. 동굴 속에서 늘 날고기만 먹던 모글리는 숲으로 나와 달콤한 꿀과 맛있는 열매를 실컷 따 먹을 수 있게 되었다.

검은 표범 바기라는 나무 타기의 명수였다. 모글리도 바기라를 따라 나뭇가지에 매달려 보았지만 얼마 못 가서 떨어지기 일쑤였다. 그러나 몇 년을 거듭하는 사이에 이제는 이 나무에서 저 나무로 옮겨 다니며 사냥도 할 수 있게 되었다.

모글리가 나뭇가지를 타고 다니면서 새나 토끼 같은 짐승을 잡는 것을 보고 바기라는 엄숙한 목소리로 말했다.

"너는 힘만 있으면 무슨 동물이든지 잡아도 좋다. 그러나 절대로 황소를 해쳐서는 안 된다. 네가 살아날 수 있었던 것은 황소 한 마리 덕택이었다. 그 은혜를 잊어서는 안 된다. 은혜를 기억하는 것은 밀림의 규칙이다. 알겠느냐?"

모글리는 어릴 때 일이라 잘 모르지만, 아무튼 그 가르침을 기억하고 청년이 된 뒤에도 황소는 절대로 해치지 않았다.

한번은 바기라를 따라 사람이 사는 마을 가까이 내려가 본 적이 있었다. 가는 도중에 길가 숲에서 무엇인가 '탁' 하며 튕겨 나가는 소리에 깜짝 놀랐다.

"저게 뭐야?"

눈이 둥그레져서 묻는 모글리에게 바기라는 그 이상하게 생긴 틀을 가리키며 이렇게 일러 주었다.

"사람들이 놓은 '덫'이라는 물건이다. 저 톱니같이 생긴 틀에 발이 걸리면 아무리 사나운 짐승이라도 빠져나오기 어렵다. 사람은 저런 틀로 우리 같은 동물을 잡는다. 앞으로 저걸 절대 조심해라."

사람이 왜 저런 틀을 만들어 동물을 잡느냐는 물음에, 바기라는 모글리를 한참 바라보다가 차갑게 대답했다.

"그들은 아주 잔인한 동물이다. 우리는 약한 동물만 잡지만 사람이라는 동물은 그렇지 않다. 그들은 자신들보다 몇 배 더 힘센 동물도 잡아먹는단다."

마을 뒷산에서 먼 발치로 사람을 처음 본 모글리는 제 모습이 늑대나 다른 동물보다 사람과 더 비슷하게 생겼다는 것을 알고 깜짝 놀랐다. 그들은 다만 몸에 천을 두르고 있을 뿐이었다.

그렇지만 아무리 모습이 같아도 그들 곁에 가까이 가 보고 싶은 마음은 생기지 않았다. 이상한 틀을 만들어 밀림의 친구들을 마구 잡아먹는 그들이 저와는 완전히 다른 무리들일 거라는 생각이 들었던 것이다.

밀림 속에서 다른 동물들과 어울려 살려면 그 밖에도 배워야 할 것들이 많았다. 배가 고파 남의 사냥터에 들어갈 때면 미리 상대방의 생각을 물어보는 것이 예의였다.

"나는 배가 몹시 고픕니다. 여기서 사냥을 해도 좋습니까?"

이렇게 다섯 번을 외쳐서 아무 대답이 없으면 마음놓고 사냥을 해도 좋았다. 그곳은 나눠 먹을 사냥감이 풍부하니 들어와도 좋다는 뜻이었다.

또한 숲에서 낯선 동료를 만났을 때는 암호를 주고받는 것이 규칙이었다.

"먹잇감이 잔뜩, 우리는 서로서로 한 핏줄!"

이렇게 외쳐서 저쪽에서도 같은 대답이 오면 안심하고 지나쳐도 좋았다. 그렇지 않으면 다른 곳에서 온 떠돌이이거나 적으로 인정되어 싸움이 벌어질 수가 있었다.

만일 상대가 다른 동물일 때는 각각 그에 맞는 암호로 이쪽이 적이 아니라는 것을 알려야만 했다. 그런 암호를 모르고 남의 영역에 들어갔다가는 공격을 받거나 잡아먹히는 수가 있었다. 이런 모든 규칙은 갈색 곰 바루가 가르쳐 주었다.

한 번은 바루와 바기라가 모글리를 시험해 보기 위해 그동안 가르친 암호를 물어본 적이 있었다.

"새들에게 보내는 암호는?"

"삐요, 호르르르……."

"코끼리에게 보내는 암호는?"

"푸우 푸우 푸우……."

"그럼 뱀에게 보내는 암호는?"

"슛 슛 치쿠치쿠……. 아마 이 소리는 내가 바루 선생님보다 더 잘 낼걸요."

바루는 깜짝 놀랐다. 그것은 가르쳐 주지도 않은 암호인데, 정말 자기보다 더 정확히 소리를 냈기 때문이다.

"너, 그걸 어디서 배웠니?"

눈을 둥그렇게 뜨고 묻는 바루의 물음에 모글리는 별것 아니라는 듯 대수롭지 않게 대답했다.

"이왕 배울 거면 더 빨리 알고 싶어서, 저 산 밑의 코끼리 하티에게 부탁했지. 하티는 나이가 많기 때문에 아는 게 많거든. 그랬더니 강가의 비단구렁이 카를 소개해 주던데. 내가 카한테 가서 직접 배운 거야."

바루와 바기라는 벌린 입을 다물지 못했다.

"역시 사람의 아이는 다르구나!"

모글리 구출 작전

　늑대들과 함께 먹고, 자고, 생활하는 동안 모글리의 몸은 몰라
볼 만큼 단단해졌다. 처음 늑대들의 회의에 나갔을 때, 그냥 내버
려두어도 죽을 거라고 한 예상과는 달리 그는 여름 땡볕이나 겨울
찬비에도 끄떡없이 견뎌 냈다.

　물론 옷을 입지 않아 온몸이 상처투성이였지만, 그래도 피부는
털 가진 짐승들보다 더 튼튼했다. 그리고 이제는 저 혼자서도 사
슴 같은 큰 먹잇감에게 달려들 만큼 힘과 용기도 커졌다.

　모글리가 이만큼 자라는 동안 주위에도 많은 변화가 있었다. 함
께 자란 형제 늑대들 중 세 마리는 새 보금자리를 찾아 집을 나갔
고, 동굴에는 맏형인 잿빛 늑대와 모글리만 남아 아빠엄마 늑대를

모셨다. 또한 모글리도 이제는 당당한 늑대의 일원이 되어 보름밤 회의에 참석할 수 있는 자격이 생겼다.

처음으로 회의에 참석하기 위해 바위산에 올라간 날, 모글리는 동료 늑대들이 자기를 똑바로 쳐다보지 않는다는 사실을 발견하고 이상한 생각이 들었다. 어쩌다가 눈이 마주치면 얼른 고개를 돌려 외면을 하거나 옆으로 돌아앉았다. 하도 이상해서 회의가 끝난 뒤에 바기라에게 물어보았더니 이런 대답을 해 주었다.

"너는 사람이기 때문에 눈에 다른 동물과는 다른 빛이 있어. 그 빛은 사람처럼 높은 정신을 가진 동물에게서만 풍기는 광채 같은 것이야. 그 앞에서는 어떤 동물도 눈을 바로 뜰 수가 없단다. 그래서 피하는 거야."

그런 말을 하면서 바기라 역시 슬그머니 눈길을 피했다. 그제야 모글리는 제가 늑대나 다른 짐승들과는 다른 동물임을 깨달았다. 괜스레 기분이 이상해졌다. 그렇지만 자신이 저 산 밑 마을에 사는 사람과 같은 동물이라고 생각하기는 싫었다. 왜냐하면 모글리가 알고 있는 '사람'은 덫을 놓아 짐승을 죽이는 잔인한 동물이기 때문이었다.

제가 사람이라는 사실을 어렴풋이 알게 된 뒤에도 모글리는 밀림의 친구들에게 조금도 건방지거나 교만하게 굴지 않았다. 늑대나 다른 동물들이 발바닥에 가시가 박혀 쩔쩔매면 땅에 엎드려 그 것을 뽑아 주었고, 눈에 티끌이 들어가 애를 쓰면 입으로 불거나 물로 씻어 빼내 주었다. 그러니까 다른 동물들도 모글리를 멀리하 거나 따돌리는 짓 따위는 하지 않았다.

그동안 사냥을 다니면서 모글리는 절름발이 시아칸을 몇 번 본 적이 있었다. 물론 늑대 형제들과 늘 같이 어울려 다니기 때문에 시아칸이 함부로 덤빌 수는 없었지만, 그 사나운 호랑이마저 모글 리를 바로 쳐다보지 못하는 것 같았다. 언젠가는 아주 가까운 거 리에서 마주쳤는데, 그때도 시아칸은 슬그머니 외면을 하면서 조 용히 숲속으로 사라졌다. 그래서 이제는 시아칸을 우습게 여기는 마음까지 들었다.

그것을 알고 바기라가 단단히 충고를 해 주었다.

"모글리, 자만심은 금물이야. 그놈이 지금은 네 눈빛 때문에 조 심하고 있지만, 언제든 기회만 있으면 너를 덮치고 말 거야. 그때 를 위해서 잠시 발톱을 숨기고 있을 뿐이라고. 그러니까 절대로 방심하면 안 돼."

바루나 바기라는 밀림에 사는 다른 동물들에 대해서 모든 것을 가르쳐 주었다. 그런데 이상하게도, 유독 원숭이에 대해서는 입을 다물었다. 밀림에는 땅에서 사는 짐승과 하늘에서 사는 새들 말고도, 나무 위를 옮겨 다니며 사는 원숭이들이 많은데 웬일인지 그들에 대해서는 한마디도 해 주지 않았다.

바루와 바기라뿐 아니라 밀림의 모든 동물이 원숭이와는 말도 하지 않고 눈길도 주려고 하지 않았다. 그것이 이상해서 어느 날 모글리가 물어보았더니 바루와 바기라는 대뜸 화부터 냈다.

"왜 그 더럽고 지저분한 놈들 얘기를 꺼내냐? 그놈들은 우리 밀림의 수치야."

"그놈들은 예의도 모르고 규칙도 지킬 줄 모르는 망나니들이야. 놈들에게는 암호도 없지. 만나기만 하면 요란하게 떠들고, 툭하면 저희끼리 싸우는 게 꼭 저 산 밑 마을 사람들 같다니까. 그놈들하고는 절대 상대도 하지 말고, 얘기도 꺼내지 마."

모글리는 가슴이 뜨끔했다. 며칠 전에 그 원숭이들을 만나 과일까지 얻어먹은 일이 떠올랐던 것이다.

그날도 모글리는 평소처럼 나무에 기대어 낮잠을 자고 있었는데, 갑자기 주위가 시끌벅적해지더니 원숭이들이 떼로 몰려와 모글리에게 말을 걸었다.

"어이, 모글리, 너는 늑대보다 우리와 더 비슷하게 생겼으니 우리 편으로 오는 게 어때? 네가 우리 편으로 온다면 원숭이 나라의 대장을 시켜 줄 수도 있어."

그러면서 그들은 모글리가 오르기 어려운 높은 나무의 열매를 듬뿍 따다 주고 돌아갔다.

물론 모글리는 그들의 꾐에 넘어가지 않았지만, 바루와 바기라의 말을 듣고 보니 큰 실수를 할 뻔했다는 생각이 들었다. 그래서 앞으로는 원숭이들을 조심해야겠다고 마음속으로 다짐했다.

그러나 원숭이는 원숭이들대로 모글리를 자기 편으로 끌어올 흉계를 꾸미고 있었다.

"모글리는 손재주가 좋아. 언젠가 보니까 나뭇가지를 엮어 바람막이를 만들 줄 알더라구. 모글리를 데려다 그 재주를 배우면 우리도 어디서나 집을 지을 수 있을 거야."

한 원숭이가 이렇게 충동질하자 다른 원숭이들도 합세를 했다.

"그래, 우리가 모글리를 데려오면 바루와 바기라도 깜짝 놀라겠지? 그놈들은 괜히 우리를 싫어하고 무시한단 말이야."

"맞아. 이 기회에 모글리를 우리 편으로 만들어서 그 보기 싫은 놈들의 코를 납작하게 해 주자."

이렇게 의기투합한 원숭이들은 어느 날, 나무 밑에서 자고 있는 모글리를 높은 나무 위로 끌어오는 데 성공했다.

모글리가 정신을 차렸을 때는 이미 20미터도 넘는 나무 꼭대기에 와 있었다. 양쪽에서 힘센 원숭이 두 마리가 겨드랑이를 잡고

밀림의 바다 위를 마치 운동장 달리듯 빠르게 뛰어가고 있었다. 아무리 밀림에서 단련된 모글리지만 아슬아슬한 높이 때문에 놈들을 뿌리치고 뛰어내릴 수가 없었다.

'어떻게 하면 좋지? 바루와 바기라에게 알려야 할 텐데⋯⋯.'

모글리가 끌려가면서 걱정을 하고 있는데, 마침 솔개 한 마리가 날아가다가 무슨 일인가 하고 가까이 다가왔다. 모글리는 얼른 솔개에게 암호를 보냈다.

"삐요 호르르르⋯⋯. 우리는 서로서로 한 핏줄!"

그러자 솔개가 암호를 알아듣고 뒤따라오면서 물었다.

"너는 누구냐? 무슨 일 때문이야?"

"나는 시오니산의 모글리야. 지금 원숭이들에게 납치되어 끌려가고 있어. 내가 가는 곳을 보아 두었다가 바위산의 바루와 바기라에게 알려 줘."

서로 처음 보는 사이지만 솔개도 곧 모글리를 알아보고 고개를 까딱했다.

"응, 네가 소문으로 듣던 사람의 아이로구나! 알았어. 내가 바루와 바기라에게 전해 줄 테니 염려 마. 내 이름은 티루야."

티루는 모글리의 뒤를 끝까지 따라오다가 그가 깊은 숲속 옛 왕국의 성 안으로 끌려가는 것을 보고 되돌아갔다.

모글리가 끌려온 곳은 동물들 사이에서 '기분 나쁜 묘지'라고 불리는 옛 성터였다. 옛날에 인도의 한 왕국이었던 자리지만 지금은 밀림에 파묻혀 사람들에게서 완전히 잊혀진 곳이었다. 원숭이들은 그 왕궁의 넓은 방을 차지하고 수백 마리가 떼를 지어 살고 있었던 것이다.

모글리를 끌어다 방 한가운데에다 앉힌 원숭이들은 승리의 환성을 지르면서 이리 뛰고 저리 뛰고 야단이었다. 자기들은 목적을 이루었다고 좋아서 그러는 것이겠지만, 모글리가 보기에는 질서가 하나도 없는 놈들이었다.

모글리를 납치해다 놓고도 무엇을 어떻게 해야 할지 몰라 소리만 꽥꽥 지르고 있었다. 대장이 어느 놈인지, 모글리를 데려온 목적이 무엇인지, 그런 것도 말해 주지 않았다.

'이래서 바루와 바기라가 원숭이들을 흉보고 무시했구나.'

모글리는 어떻게 하면 이곳을 탈출해 나갈 수 있을까 하고 궁리하기 시작했다.

한편, 뒤늦게야 모글리가 없어진 것을 안 바루와 바기라는 어떻게 해야 좋을지 몰라 안절부절못하고 있었다. 모글리가 평소 낮잠을 자는 나무 밑에 가지가 꺾여 있고 원숭이의 발자국이 어지럽게 널려 있는 것으로 보아 놈들에게 납치되어 간 것은 짐작할 만했다. 그런데 어디로 끌려갔는지 알 수가 없어 발만 구르고 있었다.

그때, 솔개 티루가 급히 날아와 소식을 전해 주었다.

"먹잇감이 잔뜩, 우리는 서로서로 한 핏줄. 큰일 났어요. 사람의 아이가 원숭이들에게 끌려가 기분 나쁜 묘지로 들어갔어요. 그 아이가 가면서 바루님과 바기라님에게 소식을 전해 달라고 했어요."

"그래? 고맙다, 티루."

바루와 바기라는 한달음에 기분 나쁜 묘지를 향해서 달려갔다. 그러나 한참 달리다 보니 둘만 가서는 모글리를 구해 내기 어렵겠다는 생각이 들었다. 원숭이는 몇백 마리가 넘는데, 아무리 힘센 곰과 표범이지만 단 둘이서 싸우기란 아무래도 힘에 부칠 것 같았다.

바루가 허덕이면서 앞서가는 바기라를 불러 세웠다.

"잠깐, 바기라. 아무래도 우리끼리만 가서는 안 될 것 같아. 무슨 좋은 방법이 없을까?"

바기라도 마침 같은 생각을 하던 참이라 속마음을 털어놓았다.

"그럼 우리 비단구렁이 카한테 도움을 청해 보면 어떨까?"

"카한테?"

"응, 원숭이놈들은 뱀을 제일 무서워하잖아. 우리는 나무 꼭대기까지 올라갈 수 없지만 뱀은 아무 데나 올라가 잡아먹잖아. 더구나 카는 덩치가 커서 놈들이 보기만 해도 달아나기 바쁠걸."

"그렇지만 카가 우리 청을 들어줄까?"

"모글리의 일이라면 들어줄지도 모르지. 전에 암호도 직접 가르쳐 줬다잖아."

"글쎄……. 어쨌든 한번 가 보세. 카는 원숭이 고기를 제일 좋아하니까 그걸 먹기 위해서라도 따라올지 몰라."

바루와 바기라는 가던 길을 다시 되돌아서 와잉궁가강변으로 내려갔다. 비단구렁이 카는 강가 바위 위에 똬리를 틀고 앉아 해바라기를 하고 있었다. 둥그렇게 감아올린 똬리의 높이가 사람 키보다도 높았다.

"슛 슛 치쿠치쿠……. 우리는 서로서로 한 핏줄."

바루와 바기라가 암호를 외치며 다가가자, 카는 작은 눈을 게슴츠레 뜨고 바라보았다.

"자네들이 웬일로 나를 다 찾아왔나? 설마 좋은 먹잇감이 있는 곳을 알려 주려고 온 건가? 지금 막 사냥하러 나가려던 참인데."

바루와 바기라는 서로 눈을 찡긋해 보이고는 카에게 말했다.

"그렇다면 마침 잘됐네. 자네, 원숭이 고기를 제일 좋아하지?"

"원숭이?"

원숭이란 말에 카는 굵은 목을 치켜들고 군침을 꿀꺽 삼켰다.

"우리가 원숭이들 모여 있는 곳을 알고 있네. 거기만 가면 자넨 배가 터지도록 원숭이 고기를 먹을 수 있다네."

"거기가 어딘데?"

"기분 나쁜 묘지. 사실은 지금 우리의 친구 모글리가 원숭이들에게 납치되어 그곳에 잡혀 있네."

"사람의 아이 말이지?"

"그래, 자네도 알고 있지? 그 아이는 비록 사람이지만 우리 밀림의 좋은 친구일세. 이 기회에 원숭이 고기도 먹을 겸 모글리를 위해서 좋은 일 한번 해 주게."

카는 바루와 바기라의 말뜻을 금방 알아차렸다.

"좋아. 그 아이는 정말 모글리란 이름대로 개구리처럼 살이 부드럽고 귀엽게 생긴 녀석이야. 내가 구해 주지."

뜻밖에도 일이 잘 풀려 바루와 바기라는 카를 앞세우고 기분 나쁜 묘지로 향했다.

한편, 모글리는 그때까지도 왕궁 넓은 방에 갇혀 탈출할 기회만 노리고 있었다. 원숭이 집단이 워낙 무질서해서 한달음에 뛰어나가면 문을 빠져나갈 수는 있을 것 같았다. 그러나 그다음이 문제였다. 끌려올 때 보니 왕궁 밖에 또 높은 성벽이 있고, 그곳에도 수많은 원숭이들이 올라앉아 떠들고 뛰어다니는 것을 보았던 것이다. 쉽게 결단을 내릴 수가 없었다. 만일 탈출하다가 다시 붙들려 오면 그것처럼 큰 망신이 없기 때문이었다.

모글리가 이런저런 고심을 하고 있을 때 문득 밖이 소란해졌다.

"표범이다! 표범이 쳐들어왔다!"

원숭이들이 지르는 고함 소리를 듣고 모글리는 바기라가 구출하러 온 것을 금방 알아차렸다. 그래서 벌떡 일어나 뛰어나가려고 하는데 힘센 원숭이 네 녀석이 달려들어 모글리의 두 팔과 두 다리를 번쩍 들었다. 녀석들은 모글리를 가마 들 듯이 들고 왕궁에서 제일 높은 옥탑으로 올라갔다. 그러고는 모글리를 옥탑 안 좁은 공간에다 쑤셔 넣고 문을 잠가 버렸다. 이제는 빠져나가려고 해도 나갈 구멍이 없었다. 탑 네 방향으로 들창이 나 있긴 하지만 너무 좁아 나갈 수가 없었다.

들창으로 밖을 내다보니 바기라가 궁 앞 광장에서 원숭이들을 상대로 힘겨운 싸움을 하고 있었다. 껑충껑충 뛰어오르면서 원숭이들을 물어뜯고 할퀴고 했지만, 워낙 수가 많아 자꾸 뒤로 밀리고 있었다.

그때, 바루가 들이닥쳐 힘을 합했다. 그러나 바루 역시 원숭이들의 수에 밀려 광장 끝으로 뒷걸음질을 치고 있었다.

"아이 참, 이걸 어쩌지? 내가 나갈 수만 있다면 함께 싸워서 탈출구를 찾을 텐데……."

모글리가 발을 동동 구르고 있을 때, 이번에는 비단구렁이 카가 성벽 위로 우람한 머리통을 드러내고 긴 혀를 날름거렸다.

"슛 슛 치쿠치쿠 슛 슛……."

원숭이들은 카의 숨소리만 듣고도 겁에 질려 후다닥 높은 나뭇가지 위로 쫓겨 올라갔다. 바루와 바기라를 공격하던 놈들도 줄행랑을 쳤다.

바루와 바기라는 겨우 한숨을 돌리고 왕궁을 향해 소리쳤다.

"모글리! 모글리! 어디 있니? 있는 곳을 알려 줘!"

모글리도 기운이 나서 큰 소리로 응답했다.

"여기야, 여기! 옥탑 안에 갇혀 있어. 밖에서 문을 잠가서 나갈 수가 없어!"

그러자 광장으로 들어온 카가 긴 목을 들어 올리더니 바위 덩어리 같은 머리로 옥탑을 세게 후려쳤다. 몇 번 치지도 않았는데 탑이 우르르 무너져 내렸다.

모글리는 재빨리 광장으로 뛰어 내려왔다.

"모글리, 다친 데는 없니?"

"모글리, 괜찮아?"

바루와 바기라가 함께 달려와 모글리를 얼싸안았다.

"응, 괜찮아. 내 실수로 고생을 하게 해서 정말 미안해."

모글리는 두 친구에게 사과한 뒤, 비단구렁이 카에게 말했다.

"카, 고마워. 앞으로 좋은 먹잇감이 생기면 꼭 나눠 먹을게."

"허허, 그래 알았다. 다친 데는 없지?"

모글리의 인사에 카는 기분이 좋은지 혀를 날름거렸다. 그런 다음 바로 그 자리에서 이상한 춤을 추기 시작했다. 긴 목을 치켜들고 둥그렇게 원을 그리는가 하면, 8자 모양을 그리다가 다시 3자 모양으로 바꾸고, 다시 또 9자 모양, 어떤 때는 삼각형이나 사각형 모양을 그리기도 했다.

그 모양이 어찌나 부드럽고 변화무쌍한지 나무 위로 쫓겨 올라간 원숭이들도 넋을 잃고 바라보고 있었다.

그렇게 한바탕 춤을 추고 난 카는 낮지만 위엄이 서린 목소리로 원숭이들에게 명령했다.

"모두 내려와서 내 앞에 한 줄로 서라."

그러자 정말 이상한 일이 벌어졌다. 성벽과 나무 위로 올라가 있던 원숭이들이 마치 최면이라도 걸린 듯 우르르 내려와 카 앞에 줄을 서는 것이었다. 더욱 놀라운 것은 바루와 바기라까지 원숭이들 줄에 가서 나란히 섰다.

모글리가 깜짝 놀라 바루와 바기라를 줄 밖으로 끌어냈다.

"이봐, 뭐 하는 거야?"

그제야 정신을 차린 바루와 바기라는 모글리를 데리고 서둘러 성 밖으로 빠져나왔다.

시오니산을 향해 한참 걸어가다가 모글리가 물었다.

"그런데 아까 왜 원숭이 줄에 가서 섰어? 카가 원숭이들한테 내린 명령인데?"

그러자 바루가 아직도 얼떨떨한 목소리로 물었다.

"너는 아무렇지도 않았니?"

"아니, 뭐가 어땠는데?"

"너는 사람이니까 괜찮았지만, 카의 춤은 정말 신기했어. 카가 춤을 추는 동안 우리는 마치 카에게 끌려 들어가는 기분이었다니까. 원숭이들이 줄을 선 것도 그 때문이야."

바루에 이어 바기라도 한마디 했다.

"지금쯤 카는 그 망나니들을 차례로 뱃속에 집어넣고 있을걸?"

"뭐? 그럼, 카 춤은 먹이를 잡아먹기 전 의식 같은 거야?"

"뭐, 그런 거지."

바루와 바기라가 고개를 끄덕이며 말했다.

모글리는 오싹 소름이 끼쳤지만 어쨌든 저를 구해 준 바루와 바기라, 그리고 카에게 큰 빚을 진 기분이 들었다.

젊은 늑대들의 반란

　　모글리가 시오니산에 온 지도 어느덧 10년이 흘렀다. 나이로 치면 이제 열서너 살밖에 안 된 소년이었지만, 모글리는 사람 사회의 같은 또래 아이들과는 달랐다. 깎지 않고 길게 늘어뜨린 머리카락은 기름을 칠한 것처럼 반짝거렸고, 어깨와 가슴에 꿈틀거리는 힘살은 보기만 해도 아름다웠다. 아마 사람들이 모글리의 그런 모습을 보았더라면 늠름하고 건강한 자태에 저도 모르게 반했을 것이다. 거기다가 그는 다른 동물들이 갖지 못한 사람의 지혜를 가지고 있었다. 날카로운 발톱과 이빨은 없어도, 그는 지혜로 다른 동물들이 하지 못하는 큰 일을 할 수 있었다. 그래서 시오니산에서 모글리를 얕보거나 함부로 대하는 동물은 없었다.

다만, 시아칸이 끊임없이 밀림 주위를 맴돌며 모글리의 신경을 건드렸다. 시아칸은 그동안 모글리를 해치려고 몇 번 가까이 다가간 적이 있었으나, 그때마다 곁에 형제 늑대들이 얼씬거리는 바람에 뜻을 이루지 못했다. 모글리가 좀 더 자란 뒤에는 그의 강렬한 눈빛 때문에 스스로 물러난 적도 있었다. 그러는 동안 모글리가 부쩍 커 버리자 시아칸은 차차 불안한 생각이 들었다.

'잘못하다가는 내가 저놈한테 당할지 몰라. 그러기 전에 빨리 해치워야 해.'

궁리에 궁리를 거듭하던 시아칸은 젊은 늑대들을 이용하기로 했다. 오랜 세월 동안 밀림을 지배해 온 늑대 대장 아케라는 이제 늙어 힘을 쓰지 못했다. 사냥 솜씨도 눈에 띄게 둔해지고 있었다. 아케라의 힘이 약해지자 젊은 늑대들의 존경심이나 복종심도 눈에 보이지 않지만 점차 줄어들고 있었다. 간악한 시아칸은 그 점을 이용하려고 한 것이다.

시아칸은 아케라의 힘이 약해진 밀림 안으로 수시로 들어와 젊은 늑대들을 선동했다.

"어이, 젊은 친구들. 자네들은 왜 아직도 저 늙어 빠진 아케라에게 복종하고 있나? 이젠 자네들도 대장 자리에 올라 밀림을 지배할 때가 되지 않았나? 원한다면 내가 힘을 보태 주지."

그 말은 젊은 늑대들이 힘을 합쳐 아케라를 대장 자리에서 쫓아 내라는 뜻이었다. 아케라만 없으면 모글리를 해치우기도 훨씬 쉬워질 뿐 아니라, 밀림을 제 손아귀에 넣고 주무를 수도 있었다.

어떤 날은 시아칸이 모글리를 노골적으로 헐뜯기도 했다.

"이것 보게, 젊은 친구들. 자네들은 자존심도 없나? 털도 없는 개구리 같은 놈을 자네들은 똑바로 쳐다보지도 못한다면서? 늑대도 아니고 사람을 무리로 받아 준 게 잘못이지. 그놈을 그냥 두면 대장 자리까지 넘볼지 몰라. 그런 놈을 두고만 볼 작정인가?"

늑대들의 자존심을 건드려, 늑대들 스스로 모글리를 내쫓거나 죽여 버리게 하려는 술책이었다. 이렇게 선동을 한 뒤에는 새로 잡은 사슴이나 산돼지 같은 푸짐한 먹을거리를 던져 주어 환심을 사는 일도 잊지 않았다.

젊은 늑대들의 태도가 슬슬 바뀌어 갔다. 될 수 있으면 힘 안 들이고 편하게 살고 싶어 하는 젊은 늑대들이 차츰 시아칸의 주위에 몰려들었다. 편하게 앉아 고기를 얻어먹는 재미에 빠져서 시아칸을 자기들의 대장인 양 떠받들고, 시아칸의 말이라면 무엇이든지 따르려는 무리까지 나타났다. 모두 대장 아케라의 권위가 떨어져서 생긴 일이었다.

이런 사태를 가장 먼저 눈치챈 것은 바기라였다. 바기라는 어느

날, 모글리를 조용한 곳으로 부르더니 전에 없이 심각한 목소리로
말했다.

"모글리, 이제부터 내가 하는 얘기를 잘 들어. 나는 네가 어릴
때 황소 한 마리를 바쳐 너를 살려 낸 일도 있고, 지금까지도 너를
위해서라면 무슨 일이든지 해 왔어. 그러나 이젠 사정이 좀 달라
졌어. 그동안 너를 보호해 주던 늑대들이 이젠 늙어 힘을 못 쓰고,
새로 태어나 자란 늑대들은 너를 별로 좋아하지 않아."

"무슨 소리야? 난 이 산에서 늑대들과 똑같이 살고 똑같이 행동
해 왔는데, 왜 나를 싫어해? 난 그들에게 해를 끼친 적도 없어!"

모글리가 발끈 화를 내고 일어서자, 바기라는 그를 붙들어 앉히
고 다시 말했다.

"그런 게 아니야. 젊은 늑대들은 우선 너에 대해 아무것도 아는
게 없어. 거기다 네 눈빛을 경계하지. 너는 아니라고 하겠지만 동
물들은 달라. 나만 해도 너와 제일 가까운 친구지만 네 눈을 똑바
로 쳐다볼 수가 없잖아. 그러니 젊은 늑대들이야 어떻겠어?"

"……."

모글리는 그만 입이 다물어지고 말았다. 평소에 한 핏줄처럼 믿
고 지내 오던 늑대들이 눈빛 때문에 자기를 경계하고 있다니 더 할
말이 없었던 것이다.

"그런데다 요즘 시아칸이 젊은 늑대들을 부추기고 있어. 놈은 젊은 늑대들을 시켜 아케라를 죽이고, 그 여세를 몰아 너를 해치고 말 거야. 이대로 가다가는 우리 밀림에 한바탕 피비린내 나는 싸움이 벌어지게 될걸. 그래서 말인데……."

바기라는 잠시 머뭇거리다가 충고하듯 말했다.

"아무리 생각해도 너는 이제 사람의 마을로 돌아가는 게 좋겠어. 여기 더 머물러 있다가는 큰일을 당할지 몰라."

"그럼 나보고 시아칸을 피해서 도망가라는 거야?"

"도망가라는 게 아니야."

발끈하는 모글리를 앉혀 놓고, 바기라는 제 턱 밑을 가리켰다.

"모글리, 여길 만져 봐."

평소에는 털에 가려 안 보였지만 그의 턱에는 털이 나지 않은 딱딱한 맨살이 있었다.

"어떻게 된 거야?"

모글리가 놀라서 묻자 바기라는 비장한 목소리로 말했다.

"이제까지 아무한테도 말 안 했지만, 나는 원래 사람의 마을에서 태어났어. 거기서 나서 거기서 자랐지. 그때까지만 해도 이 세상에 밀림이 있는 줄은 꿈에도 몰랐어. 그런데 어느 날 밤, 갑자기 사람의 마을이 싫어졌어. 내가 살 곳은 사람의 마을이 아니라 자

유로운 어떤 곳이라는 생각이 든 거야. 그래서 쇠사슬을 끊고 이
곳으로 도망쳐 왔지. 목의 맨살은 그때 쇠사슬에 매었던 자리야."

'그랬었구나.'

다시 쳐다보는 모글리에게 바기라는 목에 힘을 주어 말했다.

"내가 사람의 마을을 벗어나 밀림으로 돌아왔듯이, 너는 밀림을

벗어나 사람의 마을로 돌아가야 해. 그것은 네가 사람이기 때문이야. 사람이 살 곳과 짐승이 살 곳은 엄연히 다른 법이야. 너는 사람의 마을로 돌아가야 진정한 너를 찾을 수 있어. 설사 네가 여기 있겠다고 고집을 해도 이제는 젊은 늑대들이 너를 가만두지 않을 거야. 시아칸과 싸움이 벌어졌을 때 네 편이 되어 줄 늑대는 하나도 없다는 것을 알아야 해."

모글리의 눈에서는 눈물이 뚝 떨어졌다. 이제까지 삶의 터전이라고 믿었던 밀림에서 떠나야 한다는 것이 도저히 내키지 않았고, 더구나 젖을 먹여 길러 준 엄마 늑대와 헤어져야 한다는 것은 상상조차 할 수 없는 일이었다. 그리고 믿었던 동료들이 저를 밀쳐 내려 한다는 사실이 몹시 슬펐다.

어깨를 늘어뜨리고 계속 눈물을 흘리는 모글리가 보기 딱했는지 바기라가 조심스럽게 한마디 더 했다.

"네가 정 여기 남아 있고 싶다면 한 가지 방법은 있어. 사람의 마을에 내려가 붉은 꽃을 구해 오는 거야."

"붉은 꽃?"

"응. 그것만 있으면 시아칸도 꼼짝 못 하고, 젊은 늑대들도 굴복시킬 수 있어."

'붉은 꽃'이란 밀림의 동물들 사이에서 불을 가리키는 말이었다.

모글리도 언젠가 마을에 내려갔다가 붉은 꽃을 본 일이 있었다. 사람들은 밤이 되면 그것으로 창문을 환히 밝히고, 음식도 그것으로 익혀 먹는다는 말을 바기라에게서 들은 적이 있었다.

"그렇다면 지금 당장 내려가서 붉은 꽃을 구해 오겠어."

모글리는 눈물을 닦으며 결연한 자세로 일어섰다. 바기라는 모글리를 말리지 않았다. 다만, 마음속으로 이렇게 빌 뿐이었다.

'모글리가 꼭 붉은 꽃을 구해 오길!'

마을로 내려가기 전에 모글리는 먼저 동굴에 들러 엄마 늑대에게 허락을 받았다.

"어머니, 오늘은 마을 부근에 가서 사냥을 하고 오겠어요."

지금 내려가면 아무래도 오늘 중에 돌아오기 어려울 것 같아 슬쩍 거짓말을 했다.

엄마 늑대는 굴 밖까지 따라나오며 걱정을 했다.

"여기도 사냥감이 많은데 왜 마을까지 내려가니? 위험한데."

"괜찮아요. 내일 낮까지는 돌아올 테니 염려 마세요."

엄마 늑대에게 인사를 마친 모글리는 재빨리 골짜기를 따라 아래로 내려갔다. 사람의 마을로 가려면 골짜기 밑에서 개천을 따라 또 한참 풀밭을 지나가야 했다.

어차피 밤이 되어야 붉은 꽃을 쉽게 훔칠 수 있을 것 같아 골짜기를 반쯤 내려온 뒤부터는 발걸음을 천천히 했다.

한 등성이를 넘으려고 하는데 저 아래 숲속에서 늑대들의 고함 소리가 들렸다.

"우워엉 우워엉 우워엉……."

사슴을 몰 때 위협하는 소리였다. 밀림의 동료들이 사냥을 나왔나 보다 하고 지나치려고 하는데, 갑자기 비명 소리가 들렸다.

"앗, 친구가 당했다."

가끔 힘센 사슴이 있어서 사냥 중에 늑대들이 사슴뿔에 받히는 경우가 있었다. 이번에도 그런 사고가 생겼나 보다 하고 얼른 그쪽으로 뛰어가려고 하는데, 이번에는 또 이상한 소리가 들렸다.

"이건 아케라한테 맡겨야 돼."

"아케라가 대장이고 우리보다 힘이 세잖아."

전 같으면 그 말을 대수롭지 않게 들었을 텐데 이번은 그게 아니었다. 아케라는 늙어 힘이 없고, 오히려 소리를 지르는 젊은 늑대들이 더 강한데 일부러 아케라를 끌어들이는 것을 보면 무슨 함정이 있는 것이 분명했다. 더구나 조금 전에 바기라한테서 들은 말도 있고 해서 모글리는 가던 길을 멈추고 숲속에 납죽 엎드려 좀 더 동정을 살펴보았다.

다시 사슴 모는 소리가 들리고, 아케라가 무거운 몸을 이끌고 사슴을 쫓느라고 허덕거리는 숨소리가 등성이 위에까지 들렸다.

'아, 가여운 아케라. 젊은 놈들이 일부러 함정에 빠뜨리려고 불러 낸 것을 모르고 저렇게 늙은 몸으로 땀을 흘리다니! 그나저나 사냥에 성공해야 할 텐데……. 만일 실패하면 그것을 빌미로 대장 자리를 빼앗으려 들 거야.'

모글리가 초조하게 결과를 기다리고 있는데 마침내 일이 터지고 말았다. 아케라가 사슴을 놓치고 신음하는 소리가 들려온 것이다.

"음음……. 아, 허리가, 허리가……."

그러자 기다렸다는 듯이 젊은 늑대들의 비웃는 소리가 들렸다.

"흥, 아케라도 이제는 별수 없군."

"사슴 한 마리도 못 잡는 솜씨라면 대장 자리를 내놓아야지."

모글리는 당장에라도 뛰어가 아케라를 비웃는 놈들과 한판 승부를 벌이고 싶었지만 참았다. 그보다는 우선 붉은 꽃을 구해 오는 일이 급했고, 붉은 꽃만 있으면 놈들을 굴복시킬 수도 있다니 여기서 머뭇거려서는 안 되기 때문이었다.

'오냐, 저놈들의 기세를 꺾어 놓기 위해서라도 꼭 붉은 꽃을 구해 오고 말 테다!'

모글리는 다시 사람의 마을을 향해 발길을 재촉했다.

'붉은 꽃'으로 싸우다

모글리가 마을 변두리에 있는 오막살이집 앞에 도착한 것은 해가 뉘엿뉘엿 넘어갈 무렵이었다. 모글리는 우선 그 집 헛간 마른 풀더미 속에 들어가 밤이 오기를 기다렸다.

사방이 캄캄해지자 그 집 창문에 정말 붉은 꽃이 환하게 빛을 발했다.

모글리는 살금살금 기어가 창문 틈으로 안을 들여다보았다. 방 한가운데 큰 난로가 있고, 그 안에서 붉은 꽃이 활활 타고 있었다. 그러나 아무리 봐도 그 큰 난로를 통째로 안고 산으로 올라갈 수는 없을 것 같았다.

어떻게 하면 좋을까 하고 한참 궁리를 하고 있는데, 난로 안의 붉은 꽃이 점점 빛을 잃어 갔다. 마치 산에 핀 꽃이 시들어 버리는 것과 같았다.

그러자 어디선가 한 여자가 오더니 집게로 시커먼 덩어리를 집어서 난로 속에 넣었다. 그러자 시들어 가던 꽃이 다시 활활 타올랐다.

'아하, 붉은 꽃은 시커먼 덩어리를 먹고 사는구나.'

모글리는 고개를 끄덕거렸다.

붉은 꽃은 밤새 시커먼 덩어리를 세 번이나 받아먹었다. 그런데도 모글리는 그 꽃을 가져갈 방법을 몰라서 애만 태우고 있었다.

어느덧 날이 환히 밝아 오자 이번에는 모글리만 한 아이가 작은 항아리를 들고 난롯가로 다가왔다. 그것은 버드나무로 엮은 바구니 안에 진흙을 발라서 만든 작은 이동용 화로였다.

아이는 이글이글 타고 있는 붉은 꽃 몇 덩어리를 집게로 집어서 항아리 안에 가만히 넣었다. 그런 뒤 담요로 항아리를 감싸안더니 밖으로 나왔다.

'아, 저 정도면 산으로 들고 갈 수 있겠다.'

모글리는 아이가 밖으로 나오자 살금살금 뒤로 다가가 항아리를 가로챘다. 그리고는 뒤도 안 돌아보고 산으로 달렸다.

아이는 어찌나 놀랐는지 아무 소리도 지르지 못한 채 그 자리에

멈춰 섰다. 그러고는 산으로 달아나는 모글리의 뒷모습만 멍하니 바라보았다.

항아리를 들고 산으로 올라가면서 모글리는 붉은 꽃이 꺼지지 않게 하느라고 무진 애를 썼다. 그러다 보니 몇 가지 새로운 사실도 알아내게 되었다.

붉은 꽃은 마른 나뭇가지 먹이를 제일 좋아했다. 젖은 가지는 잘 먹지도 않고 매운 연기부터 내뿜었다. 짐승의 털 같은 것은 넣자마자 형체도 없이 사라졌다. 그리고 뜨겁기가 여름 땡볕의 몇 십 배가 된다는 것도 알았다.

'아하, 이래서 시아칸이나 늑대들이 이것을 무서워하는구나.'

모글리가 동굴 앞에 이르자, 미리 나와 기다리고 있던 바기라가 반색을 하며 달려왔다.

"모글리, 네가 기어이 해냈구나! 이것만 있으면 이제 아무것도 겁낼 게 없어."

바기라는 화로 안에서 발갛게 타오르는 붉은 꽃을 보면서 회심의 미소를 지었다.

"그리고 참, 한 가지 알려 줄 게 있어. 오늘 밤 젊은 늑대들이 회의를 한대."

"아직 보름날이 안 됐는데?"

"때는 안 됐지만, 어제 아켈라가 사냥을 하다가 사슴을 놓쳐서 그것을 꼬투리 삼아 대장 자리를 빼앗으려는 술책이겠지."

'역시 짐작한 대로구나.'

어제 일을 알고 있는 모글리는 그냥 고개만 끄덕였다.

"어젯밤을 꼬박 새웠으니 난 우선 잠부터 자야 해."

"그래. 그럼 이따 바위산에 올 때 붉은 꽃을 꼭 가지고 와."

"알았어."

바기라와 헤어진 모글리는 붉은 꽃이 담긴 항아리를 자기만 아는 바위굴 속에다 깊숙이 감추어 놓았다. 꽃이 시들지 않게 마른 나뭇가지를 듬뿍 넣어 주는 것도 잊지 않았다. 그런 뒤 동굴로 돌아와 해가 떨어질 때까지 실컷 잤다.

날이 어두워지자 밖에서 살쾡이 타바키의 목소리가 들려왔다.

"어이, 모글리, 자나? 오늘 밤 바위산에서 회의가 있다는 것은 알고 있겠지? 자네는 꼭 나와야 한다고, 늑대들이 신신당부를 해서 내가 전해 주려고 온 거야."

녀석은 요즘 완전히 시아칸의 부하가 되어 심부름을 도맡아 한다는 소문이었다.

모글리가 굴 밖으로 얼굴을 내밀자 타바키는 얼른 눈길을 피하면서 같은 말을 되풀이하고 돌아섰다.

"자네는 꼭 나와야 한다고 늑대들이 몇 번을 말했어. 그러니까 꼭 나와야 해. 알았지? 그럼 난 이만……."

녀석이 같은 말을 두 번씩이나 하는 것으로 보아 오늘 밤에 아케라는 물론 모글리까지 해치우려고 계획을 세운 모양이었다.

'오냐, 두고 보자.'

모글리는 마음을 단단히 먹고 바위굴 속에 숨겨 둔 붉은 꽃 항아리를 꺼내 왔다. 거기다 마른 가지를 좀 더 집어넣어 불꽃이 활활 타오르게 한 뒤, 그것을 안고 천천히 바위산으로 올라갔다.

바위산에는 벌써 온 산의 늑대들이 다 모여 있었다. 예상한 대로 대장 자리는 텅 비어 있고, 아케라는 맨 끝자리에 죄인이라도 된 것처럼 처량하게 앉아 있었다. 그 대신 눈빛이 사나워진 젊은 늑대들이 회의장을 설치고 다녔다.

모글리는 붉은 꽃 항아리를 그들의 눈에 띄지 않는 바위 뒤에 숨겨 두고, 늘 앉던 자리로 가 앉았다. 모글리가 자리에 앉자 바기라도 슬그머니 옆에 와 앉았다.

그때였다. 언제 나타났는지 절름발이 시아칸이 대장 자리 앞에 버티고 앉아 명령하듯 말했다.

"자, 그럼 회의를 시작하지."

마치 자기가 늑대의 우두머리라도 된 듯한 말투였다.

바기라가 모글리의 옆구리를 쿡 찌르며 소곤거렸다.

"너 따위는 말할 자격이 없다고 말해 줘라."

모글리는 머뭇거리지 않고 벌떡 일어나서 외쳤다.

"형제들, 왜 호랑이가 우리 늑대 회의에 참견을 하나? 시아칸이 우리의 대장이라도 된단 말인가?"

그러자 시아칸이 흰 이빨을 드러내고 씩 웃으며 말했다.

"천만에! 난 다만 새 대장을 뽑는 데 도움을 주기 위해서 왔을 뿐이야. 그렇지? 친구들!"

젊은 늑대들이 약속이나 한 듯 입을 맞춰 외쳤다.

"그럼, 그렇고말고! 사람의 자식인 너도 대장 될 자격은 없어."

그때 한 늙은 늑대가 크게 외쳤다.

"아아, 그만 떠들고 우선 죽어 가는 대장의 마지막 말부터 들어 보자."

'죽어 가는 대장'이란 대장 자리를 떠나는 늙은 늑대를 가리키는 말이었다.

주위가 조용해지자 아케라가 고개를 들고 입을 열었다. 그는 말을 하는 사이 어느덧 옛 위엄을 되찾아 갔다.

"여러분, 나는 십이 년 동안이나 늑대의 우두머리로서 그대들을 보호해 왔소. 그동안 덫에 치이거나 함정에 빠져 죽은 동료가 하

72

나도 없다는 것을 나는 큰 자랑으로 생각하오. 그런데 어제 나는 생전 처음으로 사냥감을 놓쳐 여러분에게 버림받는 몸이 되고 말았소. 거기에 어떤 계략이 숨어 있다는 것을 알지만, 구구하게 따지지는 않겠소. 그러나 나는 명예를 지키고 싶소. 죽더라도 그냥 앉아서 당하기 싫다는 말이오. 누구든지 나를 죽이고 싶은 자는 나와서 일대일로 겨뤄 봅시다. 싸워서 대장 자리를 차지하는 것이 밀림의 규칙이라는 것을 여러분도 잘 알 것이오.”

그러나 아무도 선뜻 나서는 늑대가 없었다. 조금 전에 설쳐 대던 늑대들도 슬금슬금 꼬리를 내렸다.

분위기가 이상하게 돌아가자, 시아칸이 다시 나섰다.

“저까짓 이빨 빠진 늙은이는 상대할 필요도 없지. 그냥 놔둬도 죽는다! 늑대 친구들, 문제는 저 사람의 아이일세. 저놈을 그냥 두면 언젠가는 여러분을 제치고 대장 자리를 차지하고 말 것이다. 밀림의 늑대가 사람 아이에게 복종한다는 것은 부끄러운 일 아니겠는가? 그러니까 저놈을 나에게 넘겨라. 저놈은 벌써 십 년 전에 내 먹이가 되었어야 했는데 아직도 살아서 내 자존심을 건드리고 있다.”

시아칸의 선동에 다시 기운을 얻은 늑대들이 한 목소리로 외쳤다.

“맞아. 저놈은 사람의 자식이야. 지금도 우리는 저놈의 눈을 똑

바로 쳐다보지 못한다. 그러니까 시아칸에게 내줘 후환을 없애도
록 하자."

그때 아케라가 다시 외쳤다.

"여러분, 모글리는 우리의 동료요. 그는 십여 년 동안 밀림의 규
칙을 잘 지키고 우리와 함께 동고동락해 왔소. 이런 동료를 호랑
이의 밥으로 내줄 수 있단 말이오? 만일 여러분이 모글리를 무사
히 사람의 마을로 내려보내 준다면 내가 순순히 죽음을 받아들이
겠소."

바기라도 벌떡 일어서서 한마디 했다.

"나도 할 말이 있소. 모글리가 처음 이 산에 왔을 때 나는 황소
한 마리를 내놓았소. 만일 여러분이 모글리를 해친다면 나도 가만
있지 않겠소."

그러자 시아칸과 젊은 늑대들이 입술을 빼물고 비웃었다.

"흥, 그까짓 십 년도 넘은 일을 누가 기억하기나 하나?"

"여러 말 할 것 없이 어서 모글리를 시아칸에게 넘기자."

"그래, 어서 넘겨라."

바기라가 더 참지 못하고 모글리를 툭 쳤다.

"말로는 안 되겠다. 붉은 꽃을 써라."

모글리는 고개를 까딱하고 벌떡 일어섰다. 그리고 늑대 무리에

게 외쳤다.

"밀림의 친구들, 나는 죽을 때까지 여기서 너희와 한 무리가 되어 살고 싶었다. 그런데 너희가 나를 쫓아내려 하고 있다. 내가 무슨 잘못을 저질렀단 말인가? 그러나 구차하게 살려 달라고 빌지는 않겠다. 너희가 원한다면 나는 마을로 내려가겠다. 그러나 가기 전에 한 가지 할 일이 있다."

모글리는 천천히 바위 뒤로 돌아가 불이 붙은 긴 나뭇가지 하나를 들고 왔다. 그것을 시아칸의 코앞에 바짝 들이대고 분노에 찬 목소리로 말했다.

"시아칸, 너는 십 년 동안이나 나를 따라다니며 괴롭혔다. 그것도 모자라 이제는 우리 동료들을 꾀어 평화롭던 밀림의 질서까지 깨뜨렸다. 다른 것은 몰라도 그것만은 용서할 수 없다. 자, 덤벼라. 입을 벌리기만 하면 이 붉은 꽃을 너의 목구멍에 집어넣어 주고 말 테다."

뜻밖의 공격에 시아칸은 주춤주춤 뒷걸음질 쳤다. 모글리는 쫓아가며 불붙은 나뭇가지로 그의 얼굴과 몸통을 세게 후려쳤다. 시아칸의 보기 좋던 수염과 털이 시커멓게 그을리고 털 타는 냄새가 바위산에 진동했다.

"앗, 뜨거! 뜨거……."

시아칸이 더 참지 못하고 비명을 지르며 밀림 속으로 달아나 버렸다. 살쾡이 타바키가 그 뒤를 따라 허둥지둥 따라갔다.

모글리는 다시 늑대들 앞으로 돌아서서 분통이 터지는 목소리로 외쳤다.

"이 줏대 없는 친구들아, 너희는 늑대로서 최소한의 자존심도 없냐? 뭐가 아쉬워서 저 비겁한 호랑이놈의 부하가 되려고 하지? 내가 분명히 말해 두지만, 이 밀림의 대장은 변함없이 우리의 대장, 아케라다. 만일 아케라의 명령에 따르지 않는 놈이 있다면, 내가 이 붉은 꽃으로 태워 죽이고 말겠다. 할 말이 있는가? 있으면 지금 말해라."

모글리는 불이 활활 타는 나뭇가지를 공중으로 휘휘 휘둘렀다. 빨간 불꽃이 탁탁 튀면서 밤하늘에 둥근 원을 그렸다.

늑대들은 그 불꽃이 제 털에 옮겨 붙을까 봐 주춤주춤 뒷걸음질 치다가 어느새 모두 달아나 버렸다. 남은 것은 모글리와 바기라와 아케라, 그리고 아케라를 따르는 늙은 늑대들뿐이었다.

주위가 텅 비자 모글리는 갑자기 온몸의 힘이 쭉 빠졌다. 그리고 눈에서 쉴 새 없이 눈물이 흘러내렸다.

모글리는 그 자리에 털썩 주저앉으며 바기라에게 말했다.

"바기라, 나는 지금 가슴이 찢어질 것처럼 아파. 왜 이렇게 괴로운지 나도 모르겠어."

바기라가 모글리의 등을 토닥거려 주며 조용히 말했다.

"그게 슬픔이라는 것이야. 감정 중에서 가장 고귀한 감정이지. 네가 슬픔을 느낀다는 것은 진짜 사람이 되었다는 뜻이야. 실컷 울어, 울고 나면 슬픔도 사라질 테니. 그리고 넌, 마을로 내려가라. 밀림은 더 이상 네가 살 곳이 아니야."

바기라의 말대로 한참 울고 나자 정말 가슴이 후련해지면서 마음도 가벼워졌다. 모글리는 벌떡 일어나 바기라와 아케라에게 작별 인사를 했다.

"그럼 나는 가겠어. 바기라, 아케라. 잘 있어. 앞으로 밀림에서 다시는 이런 일이 일어나지 않기를 바랄게."

바기라도 아케라도 눈물만 흘릴 뿐, 모글리를 잡지 않았다.

모글리는 마지막으로 정든 동굴을 찾았다. 미리 와서 기다리고 있던 아빠 늑대와 엄마 늑대, 그리고 잿빛 늑대 형제들이 벌겋게 충혈된 눈으로 모글리를 맞이했다.

"얘야, 정말 사람의 마을로 돌아갈 작정이냐?"

가족 중에서도 엄마 늑대가 가장 슬픈 눈으로 모글리를 바라보며 물었다.

"네. 이곳은 제가 살 곳이 아니라는 것을 알았어요. 그러나 마을

로 돌아가더라도 저를 키워 주신 어머니의 은혜는 두고두고 잊지
않을 거예요."

엄마 늑대가 슬픔을 참지 못하고 앞발을 들어 모글리를 꼭 껴안
았다. 모글리도 두 팔을 벌려 엄마 늑대를 힘껏 안았다.

"모글리, 네가 가겠다면 막지는 않으마. 그렇지만 언제든지 오
고 싶으면 다시 오너라. 너를 기다리고 있겠다."

아빠 늑대가 모글리를 보며 고개를 끄덕였다.

"네, 돌아올게요. 다시 올 때는 반드시 시아칸의 가죽을 벗겨 바
위산 대장 자리에 깔아 보이겠어요."

인사를 마친 모글리는 그 길로 돌아서 골짜기 아래로 뛰어내려
갔다. 어느새, 밀림 위로 새벽빛이 환히 밝아 오고 있었다.

사람의 마을에서

산 밑으로 내려온 모글리는 천천히 마을을 향해 걸어갔다. 어제 불을 훔친 오막살이집을 지나 논밭 사이로 한참 걸어가자 집들이 여러 채 모여 있는 마을이 나타났다. 누런 개들이 컹컹 짖으며 달려오다가 모글리가 조금도 무서워하지 않자 제풀에 꼬리를 내리고 돌아갔다.

마을 안길로 좀 더 들어가자 가시나무로 엮은 울타리가 앞을 가로막았다. 이제 어떻게 해야 하나 하고 그 자리에 서 있는데, 저쪽에서 한 남자가 걸어왔다.

모글리는 배가 몹시 고팠기 때문에 그 남자 앞으로 당장 달려가 입을 벌리고 손으로 무엇을 집어 먹는 시늉을 해 보였다.

남자는 눈이 휘둥그레지더니 후다닥 뒤로 돌아서서 달려가며 고함을 질렀다.

"스님, 스님, 마귀가 나타났어요!"

사람의 말을 모르는 모글리는 무슨 뜻인지 몰라 그 자리에 그냥 서 있었다. 조금 뒤에 흰옷을 입은 노인이 수십 명의 마을 사람들을 데리고 모글리 앞으로 다가왔다. 그 가운데에는 머리에 긴 수건을 늘어뜨린 여자들도 섞여 있었다.

사람들은 모글리를 빙 둘러싸고 뭐라고 수군대며 아래위로 살펴보았다. 그러나 벌거벗은 맨몸에 머리가 허리까지 내려오는 모글리가 신기하면서도 어딘지 겁이 나는 표정들이었다.

흰옷을 입은 노인이 모글리를 주의 깊게 살피다가 마을 사람들에게 말했다.

"자, 조용히들 하시오. 아무것도 두려워할 것 없소. 이 아이는 늑대에게 물려 갔다가 도망쳐 나온 것이 분명하오. 저 팔다리에 난 이빨 자국을 보면 알 수 있소."

모여 섰던 사람들이 고개를 끄덕이며 좀 더 가까이 다가가 모글리의 몸을 살폈다. 한 여자가 모글리의 얼굴을 들여다보며 큰 소리로 말했다.

"어쩜, 얼굴은 참 잘생겼는데 온몸이 상처투성이네. 혹시 이 아이가 옛날에 호랑이한테 물려 간 메슈아의 아이가 아닐까? 어찌 보면 얼굴이 비슷한 것 같기도 하고……. 어디, 메슈아 부인이 직접 봐 보우."

그러자 뒤에 섰던 한 부인이 앞으로 나와서 모글리의 얼굴을 자세히 살폈다. 그 부인은 다른 여자들과 달리 손목과 팔에 여러 개의 구슬 고리를 끼고 있었다. 그것은 인도에서 부자나 귀족들의 부인이 하는 몸치장이었다.

부인은 모글리를 한참 들여다보다가 두 눈에 눈물을 주르르 흘리면서 중얼거렸다.

"글쎄, 하도 오래전 일이라……. 그렇지만 눈매와 콧대가 어딘지 우리 아이 어렸을 적 모습을 닮은 것 같기도 해요. 그때는 어려서 온몸이 통통하긴 했지만……."

그 말을 들은 노인이 부인을 바라보고 단정짓듯 말했다.

"메슈아 부인, 이게 모두 부처님의 은덕입니다. 부처님이 맹수에게 빼앗겼던 당신의 아이를 돌려보내 주신 것입니다. 그러니 집으로 데리고 가서 잘 기르십시오."

노인은 마을 사람들의 행복을 빌어 주는 절의 스님이었다. 그래서 그의 말은 권위가 있었고, 마을 사람들은 그가 시키는 것은 그대로 따랐다.

이렇게 해서 모글리는 마을에 내려오자마자 바로 메슈아 부인의 집으로 가게 되었다.

　모글리를 집으로 데려온 메슈아 부인은 그가 배고파한다는 것을 알고 따뜻하게 데운 우유와 빵을 잔뜩 내다 주었다.

　모글리는 난생 처음으로 깨끗한 식탁에 앉아 사람이 먹는 부드러운 음식을 배불리 먹었다. 음식을 다 먹고 나자, 메슈아 부인이 모글리의 머리에 손을 얹고 눈을 들여다보면서 다정한 목소리로 말했다.

　"나토야, 네가 정말 호랑이한테 물려 갔던 내 아들 나토니? 그때 너는 빨간 구두를 신고 있었는데, 기억나니?"

　모글리가 무슨 말인지 몰라 멍하니 있자, 메슈아 부인은 그의 발을 보고 눈물을 글썽거렸다.

　"어머나, 세상에! 신발이라고는 신어 보지 못한 발이로구나. 그렇지만 나는 이제부터 너를 내 아들로 삼겠다."

　말을 알아들을 수는 없지만 부인의 따뜻한 태도에서 진심을 발견한 모글리는 속으로 이렇게 결심했다.

　'그래, 이 아주머니와 같이 지내려면 나도 사람의 말을 빨리 배워야 해. 그래야 내 마음을 전할 수도 있고, 이 마을에서 사람으로 살아갈 수 있을 거야.'

그날 저녁, 밖에 나갔던 메슈아의 남편이 돌아왔다. 말수가 적은 그는 부인의 설명을 들으면서 모글리를 빤히 바라보기만 했다. 그렇다고 싫어하거나 경계하는 눈빛은 아니었다.

밤이 되자 메슈아 부인은 모글리를 방으로 데리고 들어가더니, 하얀 이불이 덮인 침대를 가리키며 말했다.

"자, 여기서 자거라. 이제부터 여기가 네 방이다."

모글리가 침대로 올라가자 메슈아의 남편은 들창문을 모두 꼭꼭 걸어 잠갔다.

그 순간 모글리는 숨이 턱 막히고 가슴이 갑갑해지면서 마치 함정에 빠진 것 같은 기분이 들었다. 그래서 저도 모르게 벌떡 일어나 열려 있는 문을 통해 집 뒤 풀밭으로 뛰어나갔다.

놀라서 비명을 지르는 메슈아 부인에게 남편이 말했다.

"괜찮소. 그냥 내버려두구려. 방에서 자 본 적이 없어 불안해서 그럴 테지. 부처님이 우리 집으로 보냈으니 아마도 내일이면 돌아올 거요."

풀밭으로 나온 모글리는 수풀 위로 팔베개를 하고 누웠다. 싱그러운 풀 냄새와 흙 냄새, 그리고 밤하늘에 반짝이는 별들이 그렇게 정답고 포근하게 느껴질 수가 없었다.

모글리가 깊이 심호흡을 하고 막 잠이 들려고 할 때였다. 머리맡

에서 귀에 익은 목소리가 들렸다.

"어이, 모글리!"

깜짝 놀라 일어나 보니, 늑대 형제 중 제일 맏이인 잿빛 늑대였다. 모글리는 너무나 반가워 얼른 그의 머리를 감싸안았다.

"형, 여길 어떻게 왔어?"

"네가 보고 싶어서 발자국 냄새를 따라 왔지. 또 네게 알려 줄 것도 있고."

"알려 줄 거라니?"

"시아칸이 붉은 꽃에 데어 달아나면서, 털이 다시 돋으면 반드시 너를 찾아 복수를 하겠다고 했대."

"흥, 맘대로 하라지. 젊은 늑대들은 어때?"

"응, 너한테 혼나고 나서 아케라의 명령에 고분고분 복종하고 있어. 그렇지만 시아칸이 나타나 다시 충동질을 하면 어떻게 변할지 몰라."

"앞으로도 밀림의 소식 자주 전해 줘."

"그래. 그런데 앞으로는 여기 말고 저쪽 목장 끝에 있는 대나무 숲에서 만나자. 여긴 마을이 너무 가까워."

잿빛 늑대는 그 밖에도 많은 이야기를 나누다가 밤이 늦어서야 산으로 돌아갔다.

이튿날 아침, 모글리는 집으로 돌아와 메슈아 부인 내외와 함께 식사를 했다. 이제 앞으로는 철없이 밖으로 뛰쳐나가 두 분을 놀라게 하지 않겠다고 다짐하면서.

그로부터 석 달 동안 모글리는 거의 집 안에만 머물면서 메슈아 부인에게서 사람의 말과 생활 습관을 배웠다. 그리 힘들지 않은 일이었다. 그러나 산에서는 입지 않던 옷을 입는 것이 무척 거추장스러웠다.

그런데 그보다 더 어려운 것은, 돈 쓰는 방법과 밭 가는 일을 배우는 것이었다. 밀림에만 나가면 얼마든지 먹을 것을 구할 수 있는 모글리에게, 돈을 주고 물건을 산다든지, 아무것도 나오지 않는 땅을 파는 일은 정말 이해하기 힘들었다.

또 하나, 어쩌다가 모글리가 밖에 나가면 아이들이 뒤를 따라다니며 놀려 댔다.

"야, 늑대 나타났다. 늑대, 늑대!"

모글리는 화가 났지만 참았다. 밀림에서는 모글리가 약했지만 여기서는 아이들이 더 약했다. 자기보다 약한 자를 괴롭히는 것은 밀림의 규칙에 어긋나는 일이었다.

어느 날, 밖에 나갔던 모글리는 당나귀가 끄는 수레가 진흙탕에 빠져 허덕거리는 것을 보았다. 얼른 달려가 마차꾼을 도와 수레를 꺼내 주었더니 마을에 난리가 났다.

인도에는 사람을 네 계급으로 나누어 차별하는 제도가 있었다. 그 제도에 따르면, 당나귀를 끄는 사람은 그중에서도 제일 낮은 천민 계급이었다. 천민 계급 사람들과는 말을 해서도 안 되고, 무슨 일을 도와주어서도 안 되는 것이 마을의 규칙이었다. 그런데 부잣집 아이인 모글리가 그 규칙을 어겼으니 잘못이라는 것이었다. 밀림에서는 상상도 할 수 없는 규칙이었다.

이튿날, 마을 촌장이 모글리를 찾아와 말했다.

"너는 내일부터 마을에서 공동으로 치는 소와 물소를 몰고 목장에 나가 풀을 뜯기도록 해라. 그것이 이제부터 네가 할 일이다."

모글리가 또 실수를 저지를까 봐 하루 종일 사람 구경을 못 하는 들판으로 내몬 것이었다.

모글리는 차라리 잘됐다고 생각했다. 마을에서 괜히 까다로운 격식에 얽매어 사는 것보다 들판에 나가 가축들과 자유롭게 뛰노는 것이 훨씬 편했던 것이다. 게다가 목장에 나가면 대나무숲으로 찾아오는 잿빛 늑대를 만나기도 좋았다.

모글리는 잿빛 늑대를 만나기 위해 보통 소들은 다른 목동들에게 맡기고, 자기는 일부러 다루기 힘든 물소 떼를 몰고 목장 끝에 있는 개천으로 내려갔다. 거기서 물소들을 풀어 목욕을 시키고,

혼자 대나무숲에 들어가 잿빛 늑대를 만났다.

그때부터 잿빛 늑대는 거의 매일 마을로 내려와 밀림의 소식을 전해 주었다.

"네가 마을로 온 것을 알고 시아칸 놈이 다시 밀림에 나타나기 시작했어. 젊은 늑대들이 또 그놈 궁둥이를 따라다니지."

"그럼 아케라는?"

"아직 아케라에게 반항하는 놈은 없지만, 밀림의 질서가 다시 무너져 가고 있는 것은 사실이야."

"모두 시아칸 때문이군."

"그렇지. 녀석이 너를 해치기 위해 이 목장에도 내려와 살피고 갔다는 소문이 있어. 조심해."

"알았어. 나도 조심하겠지만 형도 그놈 소식을 계속 알려 줘. 전에는 죽일 가치도 없는 놈이라 그냥 두었지만 이번에 만나면 결판을 내고 말겠어."

모글리는 날이 저물어 마을로 돌아오면 물소 떼를 우리에 몰아넣은 뒤, 집에 돌아와서 메슈아 부부와 함께 저녁밥을 먹었다. 그리고 밤에는 마을 앞 회의소에 나가 마을 사람들의 이야기를 듣기도 했다.

회의소는 커다란 무화과나무 밑이었는데, 밤이면 그곳 돌계단

에 마을 사람들이 나와 앉아 이야기꽃을 피웠다. 그중에서도 이야기를 독차지하는 사람은 브르데오 영감이었다.

브르데오 영감은 마을에서 유일하게 총을 가진 사냥꾼이었다. 그래서 사냥에 얽힌 이야깃거리가 많았다. 그가 좀 허풍을 떨고 자기 자랑을 해도 사람들은 모두 사실인 줄 알고 믿었다.

한 번은 모글리가 회의소에 나가 보니 그가 호랑이 이야기를 하고 있었다.

"저 메슈아의 아이를 물어 간 호랑이는 유령이 붙은 호랑이라고. 왜 우리 마을에 살다가 오래전에 죽은 플란더스 있지? 고리대금업자 말일세. 그 영감이 생전에 왼발을 절었잖나. 내가 언젠가 그 호랑이를 보았는데 그놈도 왼발을 절더라구. 그러니까 플란더스의 혼이 유령이 되어 그 호랑이한테 들어간 거지."

가만히 들어 보니 그것은 바로 시아칸을 두고 하는 말이었다. 그런데 사람들은 모두 그 말을 사실로 믿고 있었다.

"아하, 그래서 그 호랑이가 그렇게 사납군. 플란더스가 생전에 얼마나 악독했나? 꿔 준 돈을 갚지 못하면 집까지 빼앗았잖나? 그런 악독한 유령이 붙었으니 사람까지 잡아먹지."

모글리는 하도 우스워서 저도 모르게 참견을 하고 나섰다.

"에이, 할아버지 말은 모두 거짓말이에요. 그 호랑이는 날 때부터 절름발이였어요. 플란더스의 유령이라니요. 전혀 아니네요. 밀림에 사는 동물들은 다 아는 얘긴데요, 뭘."

그러자 브르데오 영감이 불끈 화를 내며 일어섰다.

"네가 뭘 안다고 어른 말에 끼어들어? 저리 가지 못해?"

모글리는 싱글싱글 웃으면서 뒤로 물러났다.

"할아버지 얘기는 모두 엉터리예요. 밀림에 사는 동물들에 대해서는 제가 더 잘 안다고요."

"아니, 저놈이 그래도?"

브르데오 영감은 늘 보물처럼 안고 다니는 구식 총을 들고 따라오려고 했다.

모글리는 재빨리 피해 집으로 돌아왔다.

시아칸의 최후

목동 노릇을 하는 동안 모글리는 소와 물소들의 성질도 알게 되었다. 녀석들은 그 큰 덩치에 비해 바보스러울 만큼 성질이 온순했다. 그래서 모글리 같은 아이들도 수십 마리의 소와 물소 떼를 어렵지 않게 몰고 다닐 수 있었다.

그러나 평소에 그렇게 순하던 녀석들도 한번 화가 나거나 흥분하면 무섭게 날뛴다는 것도 알았다. 특히 호랑이나 표범같이 자기들을 잡아먹는 맹수가 나타나면, 그 냄새만 맡고도 흥분하는 성질이 있었다.

그래서 맹수들도 소나 물소가 떼를 지어 있는 곳에는 가까이 가지 않았다. 잘못하여 그 발에 밟히면 살아남기 어렵기 때문이었다. 그 대신 혼자 떨어져 있는 소나 물소는 늘 맹수의 표적이 되었다. 목동들의 일 가운데 중요한 것 하나가, 소나 물소들이 혼자 떨어져 밀림 쪽으로 가지 못하게 막는 일이었다.

모글리는 산속 야생 동물들과는 말이 통하지만 소나 물소와는 아직 대화하는 방법을 몰라 힘이 들었다. 그러나 가축들은 야생 동물과 달리 힘센 놈이 앞장을 서면 다른 놈들은 나란히 줄을 지어 따라오는 성질이 있었다. 그래서 모글리는 아침저녁 물소 떼를 몰고 다닐 때, 그중에서 제일 힘이 센 라마 등에 올라타고 채찍을 휘둘렀다. 그러면 나머지 녀석들은 마치 선생님을 따르는 아이들같이 얌전히 뒤를 따라왔다.

오늘도 라마 등에 올라타고 목장으로 나온 모글리는 넓은 초원을 지나 개천으로 내려갔다. 거기서 물소들을 목욕시키고 있는데, 다른 때보다 일찍 잿빛 늑대가 달려왔다.

"아니, 형. 오늘은 웬일로 이렇게 일찍 내려왔어?"

"모글리, 너한테 급히 알려야 할 일이 생겨서 오늘은 새벽부터 대나무숲에 와서 기다렸어."

"무슨 일인데?"

"시아칸이 드디어 너에게 복수를 하겠다고 나섰어."

"그래?"

모글리의 두 눈에 순간 파란 불꽃이 일었다. 그러나 흥분하지 않고 차분한 목소리로 물었다.

"형, 그놈이 지금 어디서 뭘 하고 있는지 알아?"

"저 위, 밀림으로 들어가는 입구에 마른 계곡 있지? 거기서 잠을 자고 있어. 낮에는 거기서 쉬고, 저녁때 네가 마을로 돌아갈 때 목장 입구에 숨었다가 덮친다는 거야. 이건 타바키를 꾀어서 얻어 낸 정보야."

"고마워, 형."

모글리는 입술을 꼭 깨물고 무엇인가를 골똘히 생각했다. 그 시간이 하도 길어서 옆에서 보는 잿빛 늑대는 초조함에 발을 구르며 재촉을 했다.

"모글리, 무슨 생각을 하는 거야? 이러고 있을 수는 없잖아?"

이윽고 생각을 끝낸 모글리가 침착하게 입을 열었다.

"형, 나를 좀 도와줘."

"그야 물론이지. 그리고 우리 둘이서는 놈에게 대항하기 힘들 것 같아 친구를 하나 데려왔어."

"친구?"

잿빛 늑대는 대나무숲으로 들어가더니 잠시 후 아케라를 데리고 나왔다.

"여, 아케라!"

"모글리!"

둘은 얼싸안고 그 자리에서 몇 바퀴나 맴을 돌았다. 너무나 반가워 그냥 서 있을 수가 없었던 것이다. 그러나 시간이 없었다. 모글리가 먼저 포옹을 풀고 냉정한 목소리로 물었다.

"형, 혹시 시아칸이 오늘 아침에 뭘 먹었는지 알아?"

"새벽에 큰 돼지 한 마리를 통째로 먹었다고 들었어."

"그래? 그렇다면 마침 잘됐군. 공격할 기회는 바로 지금이야."

원래 맹수들은 싸움이나 사냥을 앞두고는 일부러 굶었다. 그래야 몸이 가벼워 날쌔게 적을 공격할 수 있기 때문이었다. 그런데 시아칸은 새벽에 포식을 했으니, 지금쯤 식곤증 때문에 곤히 자거나 몸이 늘어질 대로 늘어져 있을 것이 분명했다.

모글리는 서둘러 공격 준비에 들어갔다.

"아케라! 우선 내 물소들을 암놈은 암놈끼리, 수놈은 수놈끼리 따로 모아 줘. 새끼들은 암놈 쪽으로 붙이고."

아케라는 모글리의 계획이 어떤 것인지는 잘 모르지만, 그의 지

시대로 물소 떼 사이로 들어가 으르렁거리기 시작했다. 물소들은 깜짝 놀라 뿔로 받으려고 덤볐지만, 아케라가 허연 이빨을 드러내고 뛰어오르자 주춤주춤 뒤로 물러섰다. 아케라는 그 사이로 뛰어다니며 암놈과 수놈을 따로 갈라 놓았다. 새끼들은 저절로 암놈 편에 가 붙었다.

물소가 암수 두 무리로 나뉘자, 모글리는 잿빛 늑대에게 부탁했다.

"형은 암놈과 새끼들을 몰고 마른 계곡 아래쪽으로 가 줘. 가서 계곡 입구를 막고, 시아칸이 빠져나가지 못하도록 해 줘. 나는 아케라와 함께 산 위로 올라가 계곡 아래쪽으로 공격을 하겠어."

그제야 모글리의 계획을 알아챈 잿빛 늑대와 아케라는 그 대담함에 혀를 차면서 재빠르게 따라 움직였다.

"우웡 우웡……."

잿빛 늑대가 뒤로 돌아가 이리 뛰고 저리 뛰며 고함을 지르자 암소들은 우왕좌왕하면서도 그가 모는 방향으로 움직여 갔다. 새끼들도 따라 움직였다.

암소 무리가 계곡 아래쪽으로 몰려가는 것을 보고 모글리도 라마 등에 올라타 채찍을 휘둘렀다.

"아케라, 내가 앞장설 테니 아케라는 따라오면서 뒤처지는 놈들을 몰아 줘."

"알았어."

덩치 큰 물소들이 떼를 지어 산으로 올라가는 모습은 참으로 장관이었다. 굵은 나뭇가지가 통째로 꺾이고, 마른 땅바닥에서는 먼지가 풀풀 일었다. 그러나 늘 평지에서만 살아온 물소들은 산이 가파르자 뒤로 처지거나 안 올라가려고 꼬리를 빼는 놈들이 생겼다. 그런 놈들은 아케라가 따라오며 위협을 해 산 위로 몰았다.

물소들이 산으로 올라가는 모습은 멀리 초원에서 소를 치던 목동 아이들의 눈에도 똑똑히 보였다.

"앗, 물소가 미쳐서 달아난다."

아이들이 놀라 고함을 지르면서 마을로 달려갔다.

드디어 마른 계곡 위쪽 입구까지 올라온 모글리는 거기서 라마를 멈춰 세우고, 뒤따라온 물소들에게도 숨 돌릴 시간을 주었다. 여기서 아래쪽 입구까지는 자갈이 깔린 가파른 협곡이었다. 비가 오면 물이 폭포처럼 흘러내리다가 비만 그치면 말라 버리는, 말그대로 '마른 계곡'이었다.

계곡 양쪽에는 깎아지른 듯한 바위 절벽이 솟아 있어서 아무리 날고 기는 시아칸이라도 옆으로 빠져 달아날 수 없는 곳이었다. 모글리가 이곳을 공격 장소로 택한 것도 이런 좋은 지형 조건 때문이었다.

모글리는 라마 등에 탄 채 우선 어두컴컴해 보이는 계곡 아래를 내려다보았다. 바위들에 가려 잘 보이지는 않지만, 지금 저 아래 어디쯤에 시아칸이 잠들어 있을 거라는 생각을 하니 저절로 마음속에 분노가 끓어올랐다.

그러나 잠든 적을 깨우지도 않고 공격하는 것은 밀림의 규칙이 아니었다. 그것은 비겁한 행동이었다. 모글리는 손나팔을 만들어 골짜기를 향해 큰 소리로 외쳤다.

"시아칸! 그만 자고 일어나라. 내가 왔다. 모글리가 왔다. 그만 자고 한판 붙어 보자."

양쪽의 절벽이 그 소리를 받아 윙윙 울렸다. 그러자 정말 골짜기 안에서 시아칸의 화난 소리가 울려 퍼졌다.

"누구? 모글리라고? 망할 놈, 남의 단잠을 깨우다니! 어쨌든 잘 왔다. 안 그래도 오늘 너를 갈기갈기 찢어 죽이려던 참이었다. 어디냐? 너 있는 곳을 알려라."

"여기, 골짜기 위다!"

"오냐. 꼼짝 말고 거기 있어라. 내가 올라간다."

"그럴 것 없다. 내가 내려가마."

그 말과 함께 모글리는 채찍으로 라마의 엉덩이를 힘껏 갈겼다. 호랑이 소리에 가뜩이나 겁을 먹고 있던 라마는 제풀에 흥분해 골짜기 아래로 냅다 내려뛰었다. 수십 마리의 물소가 그 뒤를 따라 무섭게 뛰었다. 아케라가 뒤에서 으르렁거리는 바람에 물소들의 발걸음은 점점 더 빨라졌다.

발굽 소리, 돌 구르는 소리, 자갈돌이 튀어 절벽에 부딪히는 소리, 흥분한 물소들이 힝힝거리는 소리……. 그런 소리가 뒤엉켜 골짜기 안이 천둥을 치는 것처럼 울렸다. 뒤늦게야 사태를 알아차린 시아칸은 급한 김에 골짜기 아래로 도망쳤다. 그러나 얼마 못 가 아래 입구가 물소 떼로 막힌 것을 알았다. 호랑이를 본 암소들은 새끼들을 보호하려고 더 무섭게 날뛰었다.

아무래도 아래쪽으로 빠져나가기가 어렵다고 판단한 시아칸은 다시 돌아서 위로 뛰었다. 그러나 이번에도 얼마 못 가 산사태처럼 쏟아져 내려오는 수소 떼들과 마주쳤다. 맨 앞에 라마 등에 올라탄 모글리가 무섭게 쏘아보며 달려오는 것을 보았지만 어떻게 해 볼 도리가 없었다.

완전히 넋을 잃고 주저앉은 시아칸의 몸 위로 라마의 육중한 앞발이 스치고 지나갔다. 뒤를 이어 수많은 물소들의 발이 그의 온몸을 짓이기듯 밟고 지나갔다. 너무나 순식간에 벌어진 일이라 물소들도 제가 밟고 지나 온 것이 저 무시무시한 절름발이 호랑이라는 것은 까맣게 모르고 있었다.

골짜기를 다 내려온 뒤에도 수소들의 기세는 수그러들지 않았다. 자칫하다가는 아래쪽의 암소 떼와 부딪쳐 큰 사고가 날 것 같았다. 잿빛 늑대가 그것을 알아채고, 이번에는 암소들을 재빨리 흩어 놓아 충돌을 막았다. 수소들은 골짜기를 빠져나와 그 아래 개천까지 내려와서야 흥분을 가라앉히고 마른 목을 축였다.

"형, 수고했어. 아케라도 애 많이 썼어."

모글리는 라마에서 뛰어내려 다시 모인 잿빛 늑대와 아케라에게 인사를 했다. 그런 다음 물소들을 개천으로 몰아넣어 저희끼리 놀게 하고, 두 동료와 함께 마른 계곡으로 들어갔다.

계곡 중간쯤에 배가 터진 시아칸이 고개를 꺾고 뻗어 있었다. 그의 죽음은 믿어지지 않을 정도로 처참했다.

"흥, 꼴 좋구나."

모글리는 눈썹 하나 까딱하지 않고 목에 걸고 있던 칼집에서 단도를 빼 들었다. 맹수를 만나면 쓰라고 메슈아의 남편이 선물한 것이었다. 평소 쓸 데가 없어 목에 걸고만 다녔는데, 이제 요긴하게 쓸 때가 온 것이었다.

모글리는 시아칸의 시체 앞에 앉아 가죽을 벗겼다. 처음 써 보는 칼이지만 가죽이 상하지 않게 조심하며 살과 뼈를 도려냈다. 아케라와 잿빛 늑대도 옆에 앉아 모글리의 작업을 가만히 지켜보았다.

모글리가 땀을 뻘뻘 흘리며 가죽을 반쯤 벗겼을 때였다. 누군가 어깨를 툭 치는 손이 있었다. 마을의 사냥꾼 브르데오 영감이었다. 그는 목동 아이들로부터 물소들이 달아났다는 말을 듣고 모글리를 야단치려고 나온 것이었다. 모글리가 치는 물소 중에는 그의 물소도 몇 마리 끼어 있었던 것이다. 그런데 물소는 모두 개천에 있고, 모글리는 뜻밖에도 호랑이 가죽을 벗기고 있으니 사냥꾼인 브르데오 영감도 놀라지 않을 수 없었던 것이다.

"아니, 그건 호랑이가 아니냐? 물소 떼가 미쳐서 달아났다고 하더니, 그놈들 발에 밟혀 죽은 모양이로구나."

아케라와 잿빛 늑대는 사람을 보고 어디로 몸을 숨겼는지, 옆에는 브르데오 영감만 있었다. 그는 모글리 앞으로 바짝 다가와 자세히 살펴보더니 놀란 눈이 더욱 커졌다.

"아니, 이놈은 호랑이 중에서도 가장 사나운 그 절름발이 호랑이가 아니냐? 메슈아의 아이를 잡아먹은……. 아니, 이놈이 어쩌다가 이렇게 됐지?"

브르데오 영감은 호랑이와 모글리를 번갈아 바라보면서 속으로 무엇을 생각하는 눈치였다. 그러더니 갑자기 친절해지면서 모글리의 손에서 칼을 빼앗으려고 했다.

"얘야, 너같이 어린아이가 이 큰 호랑이 가죽을 어떻게 벗긴단 말이냐? 이리 내놔라. 가죽은 벗겨서 내가 가져가마. 대신 현상금을 타면 너에게도 1루피 주마."

사실은 시아칸의 피해가 너무 커서 관청에서도 그놈을 잡는 사람에게 100루피를 주겠다고 현상금을 걸어 놓고 있었던 것이다. 절름발이 호랑이라는 것을 안 순간, 브르데오 영감의 머릿속에는 바로 그 생각이 떠올랐던 것이다.

그러나 모글리는 들은 체도 않고 여전히 가죽 벗기는 데만 열중했다. 브르데오 영감은 벌써 가죽이 자기 것이나 되는 양 주머니에서 부싯돌을 꺼내 호랑이의 수염을 태우려고 했다. 인도에서는 호랑이를 잡으면 우선 수염부터 태우는 풍습이 있었다. 그래야 죽은 호랑이가 유령이 되어 나타나지 않는다고 믿었다.

모글리는 브르데오 영감을 어깨로 밀쳐 내며 콧방귀를 뀌었다.

"흥, 이 가죽으로 현상금을 타겠다고요? 어림없는 소리 하지도 마세요. 이 가죽은 제 거예요. 이미 쓸 데가 정해져 있다고요. 돈 같은 건 필요 없으니 저리 가세요."

"아니, 이 녀석이 어른에게 버르장머리없이……."

화가 난 브르데오 영감은 말로 해서는 안 되겠다고 생각했는지 주먹을 휘두르며 덤벼들었다.

"이놈, 저리 비켜라. 안 비키면 주먹맛을 보여 주겠다."

모글리는 아무래도 안 되겠다는 생각이 들어, 어딘가 숨어 있을 아케라를 불러 냈다.

"어이, 아케라, 이 사람이 내 일을 방해하지 못하게 해 줘."

그러자 바위 뒤에서 아케라가 쏜살같이 뛰어나와 브르데오 영감을 쓰러뜨리고 앞발로 가슴을 꽉 내리눌렀다. 브르데오 영감은 얼굴이 새하얗게 질려 부들부들 떨면서 속으로 이런 생각을 했다.

'저놈은 사람의 탈을 쓴 마귀가 틀림없어. 그렇지 않고서야 총 한 방 안 쏘고 저 사나운 호랑이를 잡을 수가 있나? 거기다 늑대한 테 명령까지 하다니, 마귀가 아니면 그럴 수 없어.'

문득 두려움을 느낀 브르데오 영감은 체면이고 위신이고 다 버리고 모글리에게 살살 빌기 시작했다.

"아이고, 밀림의 대왕님, 제가 몰라뵙고 잘못했습니다. 이 늙은 것을 불쌍히 여겨 제발 목숨만 살려 주십시오."

모글리는 아케라에게 다시 명령했다.

"아케라, 그 할아버지를 놓아 줘."

그러자 아케라가 누르고 있던 앞발을 들고 한 발 뒤로 물러났다. 브르데오 영감은 간신히 일어나 '걸음아 나 살려라.' 하고 마을로 도망쳤다.

다시 산으로

가죽 벗기는 일은 해질 무렵이 되어서야 다 끝났다. 저녁 노을빛을 받은 시아칸의 가죽은 보기에도 탐날 만큼 크고 반짝거렸다.

모글리는 가죽을 둘둘 말아 개천가 숲에다 감추고 잿빛 늑대에게 지키고 있도록 했다. 그런 뒤 서둘러 물소들을 몰고 마을로 돌아갔다. 가죽을 벗기는 데 시간이 많이 걸려 돌아가는 시간이 평소보다 늦었기 때문에, 아케라에게 뒤에서 몰아 달라고 부탁했다.

그런데 마을 입구에 와 보니 동네 사람들이 회의소에 가득 모여 있었다.

'아, 내가 마을의 골칫거리인 절름발이 호랑이를 죽여서 환영하려고 모인 모양이로구나.'

모글리는 이렇게 생각하며 물소 떼를 몰고 마을 안으로 들어가려고 했다. 그 순간 '핑' 하고 돌멩이 하나가 날아오더니 그것을 신호로 수많은 돌이 날아와 모글리의 귀 밑을 스치고 지나갔다. 사람들은 돌을 던지면서 화난 목소리로 외치고 있었다.

"요술쟁이 마귀야, 썩 물러가거라."

"늑대가 둔갑해서 사람이 되었다! 저놈을 몰아내자!"

그때 누군가 브르데오 영감에게 외치는 소리가 들렸다.

"브르데오, 뭐 하고 있나? 빨리 저놈을 쏴."

그러자 지체없이 '탕!' 소리가 나면서 모글리 옆에 있던 물소 한 마리가 무릎을 꿇고 푹 쓰러졌다. 와글거리는 아우성 속에서 브르데오 영감의 당황해 하는 소리가 들렸다.

"저것 봐라, 저놈이 또 요술을 부려서 내 총알을 빗나가게 만들었구나. 이제까지 내 총알이 빗나간 적은 한 번도 없었어!"

옆에서 또 한 사람이 외쳤다.

"여보게, 브르데오, 총에 맞은 게 바로 자네 물소 같네."

그랬다. 브르데오 영감이 실수로 그만 자기 물소를 쏘고 만 것이었다. 물소가 쓰러지자 사람들은 더욱 거칠어졌다. 모글리가 이리저리 피하는데도 돌이 가슴과 발등에 마구 떨어졌다.

이제까지 뒤에 웅크리고 있던 아케라가 모글리 옆으로 다가와 걱정스럽게 말했다.

"모글리, 산에서 너를 쫓아냈듯이 마을에서도 너를 쫓아내려는 것 같다."

"난 잘못한 일이 없는데 왜 쫓아내려고 할까?"

"산에서도 그랬잖아. 너는 아무 잘못이 없는데 쫓겨났잖아. 여기서도 마찬가지인가 봐."

모글리는 억울한 생각이 들어 어깨가 축 늘어졌다.

그때 사람들 사이에서 한 여인이 허둥지둥 모글리 앞으로 뛰어왔다. 메슈아 부인이었다. 부인은 모글리가 돌에 맞지 않도록 머리를 와락 감싸안더니 울부짖듯 급히 말했다.

"애야, 내 말을 들어라. 어서 여길 피하도록 해라. 사람들이 너를 죽이려고 해. 사람들은 너를 마귀라고 하지만 나는 절대로 그렇게 믿지 않는다. 나는 지금도 너를 내 아들이라고 생각해."

모글리도 왈칵 설움이 북받쳐 목이 메었다.

"네, 알았어요. 제가 마을을 떠나겠어요. 그렇지만 아주머니가 저를 따뜻이 대해 주시고, 사람들 사이에서 살아가는 방법을 가르쳐 주신 은혜는 두고두고 잊지 않을 거예요."

"그래, 고맙다. 어서 가거라."

메슈아 부인 덕분에 잠시 멈췄던 돌팔매가 다시 시작되었다.

"메슈아, 이리 돌아와. 안 그러면 당신한테도 돌을 던질 거야."

그때 세게 날아온 돌멩이 하나가 메슈아 부인과 헤어져 돌아서는 모글리의 입술을 맞히고 말았다. 입술에서는 피가 흘러내렸다.

"어머나, 저걸 어쩌지?"

안타까워하는 메슈아 부인을 옆으로 밀쳐 내고, 모글리는 사람들을 향해 당당히 외쳤다.

"좋아요. 당신들이 싫다면 나는 마을을 떠나겠어요. 그러나 무서워서 떠나는 건 아니에요. 메슈아 아주머니를 위해서예요. 내가 말썽 없이 떠나는 건 메슈아 아주머니 덕분인 줄 아세요. 만일 메슈아 아주머니를 손끝 하나라도 다치게 하면, 그때는 내가 다시 와서 마을을 쑥대밭으로 만들 테니 그런 줄 아세요."

그런 다음, 뒤를 돌아보며 아케라에게 말했다.

"소 떼를 마을 안으로 몰아 줘."

아케라가 으르렁거리자 물소들이 우르르 마을 안으로 들어갔다. 그 틈을 타 모글리와 아케라는 마을을 빠져나왔다.

그들이 다시 개천가로 돌아왔을 때는 어느새 달이 훤히 떠 있었다. 모글리의 입술에서 피가 흐르는 것을 본 잿빛 늑대가 깜짝 놀라 물었다.

"모글리, 무슨 일이 있었구나?"

아케라가 마을에서 있었던 일을 대충 설명해 주자, 잿빛 늑대는 안됐다는 듯이 한숨을 쉬었다.

"결국 사람들한테서도 쫓겨났구나."

모글리는 태연한 척, 일부러 씩 웃어 보였다.

"괜찮아. 이제 그 답답한 방 안에서 자지 않게 되었으니 잘됐지 뭐야."

모글리는 시아칸의 가죽을 덜렁 어깨에 메고 발길을 재촉했다.

"자, 시오니산으로 돌아가자."

그들이 산속 동굴 앞에 도착한 것은 한밤중이 넘어서였다.

모글리가 돌아오자 누구보다도 기뻐한 것은 엄마 늑대였다.

"모글리, 네가 다시 돌아왔구나. 반갑구나. 나는 네가 꼭 돌아올 줄 알았다."

"어머니, 제가 다시 돌아올 때는 반드시 시아칸의 가죽을 벗겨 가지고 올 거라고 했지요? 이게 바로 그놈의 가죽이에요."

엄마 늑대는 물론 그 자리에 모였던 늑대 가족들은 벌린 입을 다물지 못했다.

"결국 네가 해냈구나."

"어머니, 우선 이 가죽을 바위산 대장 자리에 깔아야겠어요. 이야기는 나중에 해요."

"암, 그래야지."

아케라를 비롯한 늑대 가족이 모두 모글리를 따라 바위산으로 올라갔다. 하늘 한가운데 뜬 달이 밀림 위를 고요히 내리비쳤다. 모글리가 시아칸의 가죽을 대장 자리에 깔자 달빛을 받은 얼룩무늬가 더욱 선명한 빛을 드러냈다.

"아케라, 그 위로 올라가 봐."

모글리가 권하자 아케라는 조심스럽게 시아칸의 가죽 위로 올라

갔다. 그러더니 밀림을 향해 쩌렁쩌렁한 목소리로 외쳤다.

"밀림의 친구들아, 다 모여라. 우리는 이제 완전한 자유를 찾았다. 앞으로 우리의 자유를 방해할 자는 아무도 없다."

그 소리에 놀라 늑대들이 하나둘 바위산으로 몰려들었다. 늑대들은 대장 자리에 깔린 가죽을 보고 비로소 모글리가 시아칸을 해치운 것을 알았다.

산속의 늑대들이 다 모이자, 아케라는 시아칸을 죽이게 된 사연을 자세히 설명했다. 듣고 있던 늑대들이 힐끔힐끔 모글리와 아케라의 눈치를 살폈다.

아케라의 설명이 끝나자 가장 나이 많은 늑대가 일어나서 입을 열었다.

"그동안 우리는 저 비겁한 시아칸의 꾐에 빠져 너무나 많은 잘못을 저질렀소. 그까짓 고기 몇 조각 얻어먹는 재미에 정작 중요한 자유를 잃어버릴 뻔했소. 경험 많은 대장의 말을 안 듣고 시아칸을 따라다닌 결과가 무엇이오? 전에는 덫에 걸리거나 함정에 빠진 동료가 하나도 없었는데, 시아칸을 따라다닌 뒤부터 얼마나 많은 동료가 다치거나 죽었소? 거기다 예의는 땅에 떨어지고 질서는 뒤죽박죽이 되고 말았소. 이제 시아칸이 저 꼴이 된 것을 보았으니 모두 정신들을 차려야 할 것이오."

그동안 시아칸을 따라다닌 젊은 늑대들이 고개를 들지 못했다.

표범 바기라도 한마디 하고 나섰다.

"나도 한마디 하겠소. 그동안 여러분은 자유와 방종을 혼동하고 있었소. 자유는 힘센 자에게 기대서 얻는 것이 아니라, 스스로 싸워서 얻는 것이오. 시아칸을 따라다니면 모든 것이 잘될 줄 알았지만 결과가 무엇이오? 혼란과 무질서밖에 얻은 게 없지 않소? 만일 시아칸이 옳았다면 그가 왜 저 꼴이 되었겠소."

젊은 늑대들의 고개가 더욱 밑으로 떨어졌다.

마지막으로, 모글리가 시아칸의 가죽 위로 올라갔다. 그러나 모글리는 너무나 가슴이 벅차 말이 나오지 않았다. 그래서 지금의 심정을 노래로 불렀다.

우워 우워……. 나는 이겼다, 시아칸의 가죽을 벗겼다.

우워 우워……. 나는 돌아왔다, 사람의 마을에서 돌아왔다.

우워 우워…… 사랑하는 동료들이여, 밀림의 자유민들이여!

이 기쁨을 영원히……. 우워 우워…….

모글리를 따라 다른 늑대들도 일어나서 달을 쳐다보며 다 함께 노래를 불렀다.

"우워 우워, 우워 우워……."

그 소리는 밀림에 부딪혀 메아리를 이루면서 밤하늘로 멀리멀리 퍼져 나갔다.

이튿날, 동굴에는 바루와 바기라를 비롯하여 많은 늑대들이 모여 모글리의 경험담을 듣느라고 정신이 없었다.

모글리가 브르데오 영감의 모함을 받아 쫓겨난 이야기를 하자, 늑대들은 이를 갈며 으르렁거렸다.

"우리가 마을에 내려가 복수를 하자."

그러나 모글리는 고개를 저었다.

"그건 안 돼. 사람이라고 다 나쁜 것은 아니야. 메슈아 아주머니는 나를 친자식처럼 돌봐 주고, 사람들 사이에서 사는 방법을 가르쳐 주었어. 그 아주머니가 아니었으면 나는 하루도 마을에 머물러 있지 못했을 거야."

그 말을 듣고 엄마 늑대는 감격하여 눈물을 글썽거렸다.

"그랬구나. 사람들 중에도 너를 친자식처럼 돌봐 준 분이 있었다니 정말 고맙구나."

그러면서도 엄마 늑대는 왠지 서운한 표정을 지었다. 어쩌면 그 여자가 진짜 모글리를 낳아 준 친어머니일지도 모른다는 생각이

들었던 것이다.

모글리가 시아칸의 가죽 벗긴 이야기를 할 때는 늑대들의 시선
이 모두 그의 가슴에 매달린 단도로 쏠렸다.

"그건 말하자면 사람이 가진 이빨이나 발톱이로구나."

그들이 이런 이야기를 하며 느긋하게 쉬고 있을 때였다. 동굴 입구에 앉았던 아케라가 코를 벌름거리며 벌떡 일어섰다.

"사람 냄새다."

그러자 모든 늑대들이 털을 곤두세우고 굴 밖으로 달려 나갔다. 모글리도 바루와 바기라와 함께 뒤를 따라갔다.

그들이 냄새가 풍기는 골짜기로 한참 내려가자 숲 사이에서 번쩍하는 것이 보였다. 모글리는 그것이 브르데오 영감의 총이라는 것을 금방 알아차렸다.

"쉿, 엎드려!"

모글리는 작은 소리로 외친 뒤, 바위 뒤에 숨어 브르데오 영감에게서 눈을 떼지 않았다. 그는 무엇을 찾는지 자꾸 땅바닥을 들여다보며 투덜거리고 있었다.

"이놈들이 여기서 한바탕 굿이라도 벌였나? 발자국이 흩어져서 어디로 갔는지 찾을 수가 있어야지."

아케라가 모글리의 옆구리를 쿡 찌르며 소곤거렸다.

"내 저럴 줄 알고 새벽에 나가서 엊저녁에 남긴 우리 발자국을 모두 지워 놓았지. 틀림없이 너를 해치고 시아칸의 가죽을 빼앗으러 왔을 거야."

그때, 산 위쪽에서 두런두런하는 사람의 목소리가 들리더니 대나무 바구니를 멘 남자 둘이 내려왔다. 깊은 산속에서 숯을 구워 마을에 파는 장사꾼들이었다. 브르데오 영감을 발견한 숯장수들은 반갑게 인사를 하며 바구니를 내려놓고 쉬었다.

"아이구, 영감님. 여긴 웬일이십니까?"

"어, 잘들 있었나?"

브르데오 영감은 바위에 걸터앉은 채로 거만하게 인사를 받았다. 숯장수들이 그 앞에 서서 마을의 소식을 물었다.

"마을에는 별일 없지요?"

"말도 말게, 난리가 났다네."

"난리라니요?"

"요술쟁이 마귀가 나타나 온 마을이 발칵 뒤집혔다네."

"네, 마귀라고요?"

숯장수들의 눈이 휘둥그레지는 것을 보고 브르데오 영감은 또 허풍을 치기 시작했다.

"바로 어제 해질 무렵일세. 내가 저 악명 높은 절름발이 호랑이를 잡지 않았겠나."

"네? 현상금이 붙은 호랑이를 영감님이 잡으셨다굽쇼?"

"그렇지. 내가 이 총으로 한 방에 죽여 버렸다네. 그리고 그놈 가죽을 벗기고 있는데 난데없이 늑대가 나타나 나를 덮치지 뭔가."

"에그, 저런!"

"너무 갑작스럽게 당한 일이라 우선 마을로 피했지. 그런데 그놈이 마을까지 쫓아오더니 이번에는 갑자기 사내아이로 둔갑을 하지 뭔가? 그 바람에 기껏 잡은 호랑이 가죽을 빼앗기고 말았지. 그래서 지금 그 마귀놈을 잡으려고 헤매는 중일세. 나 아니면 누가 마귀를 잡겠나."

모글리는 웃음이 나오는 것을 억지로 참았다. 그런데 그 다음에 하는 소리를 듣고 머리끝이 바짝 일어서고 말았다.

"지금 마을에는 그 마귀놈을 돌봐 준 메슈아 부부가 꽁꽁 묶여 있다네."

"메슈아라면 마을에서 제일 가는 부자가 아닙니까?"

"그랬지, 어제까지는 말일세. 하지만 마귀를 돌봐 주었으니 그들도 마귀 귀신이 씌었지 않겠나? 그래서 내가 꼬마 마귀를 붙잡아 오는 대로 그들을 함께 불에 태워 죽이기로 했다네. 재산은 마을 사람들이 똑같이 나누어 갖기로 하고 말일세."

"네, 그런 일이 있었군요."

여기까지 듣고 있던 모글리는 더 참지 못하고 옆에 있는 바기라에게 부탁했다.

"바기라, 이제부터 저 사람들을 해가 지기 전까지 꼼짝 못 하도록 붙들어 줘. 난 지금 마을로 내려가 봐야겠어."

"아주 다리를 분질러 놓을까?"

"아니. 그럴 것까지는 없고, 그냥 노래나 좀 불러 줘. 그리고 해
가 지면 바기라도 메슈아의 집으로 와 줘. 장소는 잿빛 늑대가 알
고 있어."

모글리가 돌아서 마을로 내려가자 바기라는 큰 소리로 외쳤다.

"으왕 으왕……."

그것을 신호로 늑대들이 주위를 둘러싸고 마구 으르렁거렸다.
동물들에게는 단순한 노래였지만 사람들에게는 소름 끼치는 위협
이었다.

"앗, 늑대가 우리를 포위했다."

큰소리치던 브르데오 영감이 먼저 큰 나무 위로 기어 올라갔다.
그 뒤를 숯장수들이 따라 올라갔다.

늑대들은 그 나무 밑으로 몰려와 밤이 될 때까지 으르렁거렸다.

메슈아를 탈출시키다

'메슈아 아주머니가 나 때문에 위험에 빠졌구나.'

허둥지둥 마을로 내려오는 모글리의 머릿속은 복잡했다.

'사람들은 왜 그렇게 잔인할까? 내게 마귀라고 돌을 던지더니, 이번에는 그 착한 메슈아 아주머니까지 죽이려 하다니…….'

모글리는 제가 사람의 모습을 하고 있다는 것이 한없이 부끄러웠다. 적어도 밀림 속 동물들은 동료끼리 그렇게 잔인한 짓을 하지는 않는데…….

마을 뒷산까지 내려온 모글리는 우선 숨을 돌리고 회의소 쪽을 내려다보았다. 무화과나무 밑에 사람들이 모여 웅성거리고, 광장에는 땔나무가 한 무더기 쌓여 있었다. 브르데오 영감의 말대로 메슈아 부부를 태워 죽일 땔감인 모양이었다.

모글리는 사람들 눈에 띄지 않게 뒷길로 해서 메슈아 부인의 집으로 숨어들었다.

뒤쪽 창문으로 안을 들여다보니 메슈아 부인이 손발이 묶인 채 방바닥에 쓰러져 있었다. 입도 틀어막히고, 옷에는 피가 묻어 있었다. 메슈아의 남편도 침대에 똑같이 묶여 있었다. 현관 밖에는 남자 둘이 문기둥에 기대앉아 메슈아 부부가 도망가지 못하도록 지키고 있었다.

모글리는 조심조심 창문을 열고 안으로 들어가 메슈아 부부의 몸에 묶인 밧줄을 풀었다.

잠들었다가 깬 메슈아 부인은 모글리를 와락 껴안으며 밖에 들리지 않게 작은 소리로 말했다.

"나토야, 나는 네가 꼭 돌아올 줄 알았다. 너는 분명히 내 아들이야. 이제 그것을 확실히 알았어."

"아주머니, 누가 이런 짓을 했어요? 누가 이렇게 묶고 때렸어요? 꼭 원수를 갚아 주고 말겠어요."

분해서 부들부들 떠는 모글리에게 메슈아의 남편이 힘없는 소리로 말했다.

"마을 사람들 전체의 짓이다. 너를 돌봐 주었다는 것을 빌미 삼아 우리를 죽이고 재산을 나눠 가지려는 속셈이지."

모글리는 두 사람을 일으켜 세우고 급히 재촉했다.

"어서 여기를 떠나세요. 집 뒤로 나가면 밀림으로 통하는 길이 있어요. 그 길로 가서 어디로든지 피하세요."

"그렇지만 우리는 밀림에 대해서 아무것도 모른단다. 더구나 이 밤에 그 무서운 곳을 어떻게⋯⋯."

메슈아 부부가 불안해 하며 결단을 못 내리고 있는데 회의소 쪽에서 와자지껄하는 소리가 들렸다. 모글리는 얼른 창문을 뛰어넘으며 메슈아 부인에게 말했다.

"아주머니, 무슨 일인지 잠깐 보고 올 테니 그동안 떠날 준비를 하세요."

수풀 속으로 살금살금 기어 회의소로 가 보니 브르데오 영감이 돌아와 마을 사람들에게 또 허풍을 떨고 있었다.

"산속에서 또 그 새끼 마귀를 만났지 뭔가. 이번에는 늑대로 둔갑을 해서는 내게 덤벼들지 않겠나? 이 상처는 그놈과 싸우다가 생긴 상처일세. 그런데 밤이 되어 그만 놓치고 말았어."

상처는 나무에 기어오르다가 긁힌 자국인데 또 거짓말이었다.

그때 마을 촌장이 높은 단 위로 올라가 소리쳤다.

"그럼 브르데오도 돌아왔으니 저 마귀 부부부터 처형하도록 하

겠소. 새끼 마귀는 나중에 잡아 처형하기로 하고."

그러자 눈에 핏발이 선 마을 사람들이 손에 든 장대에 불을 붙이

며 와글와글 떠들었다.

"자, 가세."

"가서 마귀 부부를 처형장으로 끌고 오세."

모글리는 급히 돌아서 집으로 뛰어왔다. 그리고 방으로 들어가려고 창틀로 올라서는데 무엇인가 부드러운 것이 다리에 스쳤다. 힐끗 돌아보니 엄마 늑대가 창 밑에 와 앉아 있었다.

"아니, 여길 어떻게 오셨어요?"

"너를 친아들처럼 돌봐 주었다는 그 여자의 얼굴을 한번 보고 싶어 왔다."

"그렇지만 저들은 지금 잔뜩 겁에 질려 있어요. 놀라게 해서는 안 돼요."

엄마 늑대는 무엇이 아쉬운지 모글리를 빤히 쳐다보며 다짐하듯 말했다.

"하지만 너에게 젖을 먹여 기른 건 분명히 나다."

"네. 알아요, 어머니. 저는 언제나 어머니의 아들이에요. 그러나 지금은 시간이 급해요. 저들을 빨리 도망시키지 않으면 죽게 돼요. 그러니 어머니도 좀 도와주세요."

"그래, 알았다. 네 부탁이라면 무엇인들 못 도와주겠니?"

엄마 늑대는 비로소 긴장을 풀고 다정한 눈으로 모글리를 바라보았다. 모글리는 엄마 늑대에게 메슈아 부부의 안전을 당부했다.

"어머니, 저들은 지금 밀림을 지나 어디론가 갈 거예요. 그들이 무사히 목적지에 도착할 수 있도록 뒤를 돌봐 주세요."

"그래, 알았다. 집 뒤 숲에 숨어 있을 테니 어서 저분들을 모시
도록 해라."

모글리가 창문을 넘어가자 메슈아 부인이 손을 잡고 말했다.

"우리는 카니와라로 가기로 결정했다."

"카니와라가 어딘데요?"

"여기서 50킬로미터 가량 떨어진 큰 마을이란다. 하지만 밀림
속을 걸어가야 할 생각을 하니 벌써부터 다리가 떨리는구나."

"걱정 마세요. 제 친구들이 도와줄 거예요. 가는 길에 늑대 울음
소리가 들려도 놀라지 마세요. 제 친구들이 다른 맹수를 쫓아 버
리는 신호니까요."

"내 아들아!"

메슈아 부인이 다시 모글리를 끌어안고 얼굴을 비벼 댔다. 그러
자 모글리는 알 수 없는 감동이 솟구쳤다. 그것은 젖을 먹여 길러
준 엄마 늑대에게서도 느껴 보지 못한 짜릿한 감동이었다.

메슈아의 남편은 침대 밑에 숨겨 놓았던 돈을 챙겨 주머니에 넣
으며 말했다.

"카니와라에 가면 브르데오와 마을 사람들을 관청에 고발할 테
다. 지금은 논도, 밭도, 소도 모두 두고 가지만 나중에 와서 몇 배

로 되찾고 말 테다."

"아저씨, 이번 장마가 끝난 뒤 마을에 한번 와 보세요. 그동안 마을이 어떻게 변했는지."

모글리의 모호한 말에 메슈아의 남편은 고개만 끄덕였다.

"자, 그럼 어서 떠나세요."

모글리는 두 사람을 부축하여 창문 밖으로 나오게 한 뒤 어둠 속을 가리켰다.

"어서 가세요. 아까도 말했지요? 늑대 울음소리가 들려도 절대로 놀라지 마세요."

두 사람이 어둠 속으로 사라지는 것을 보고 다시 집으로 돌아서는데 바기라가 숲에서 불쑥 튀어나왔다.

"아까 이리 오라고 했지?"

"응. 마침 잘 왔어. 내 형제 늑대들을 좀 불러 줘. 저 두 분이 이곳을 무사히 빠져나갈 때까지 마을 사람들이 뒤를 쫓아가지 못하게 막아야 하니까."

바기라는 어깨를 으쓱하며 걱정 말라는 듯 말했다.

"그런 일이라면 나 혼자서도 할 수 있어. 네 형제들은 엄마 늑대와 함께 그 두 사람을 따라갔어."

그때 집 앞이 시끌시끌해지더니 횃불을 든 사람들이 떼를 지어 몰려왔다.

맨 앞에 촌장과 브르데오 영감이 서고, 뒤에 마을 사람들이 따라왔다.

모글리가 얼른 집 뒤 숲으로 피하려고 하는데 바기라가 성큼 뛰어 방 안으로 들어갔다. 그리고 메슈아 부부가 쓰던 침대 속으로 들어가며 두고 보라는 듯 눈을 찡긋해 보였다.

"마귀 부부는 나오너라. 나와서 심판을 받도록 하라."

사람들은 현관을 부수고 들어와 메슈아 부부의 방문을 활짝 열어젖혔다. 그 순간 바기라가 하품을 하며 침대에서 기어 나왔다.

"앗! 귀, 귀신이다!"

사람들은 깜짝 놀라 횃불도 팽개친 채 앞을 다투어 달아났다.

"으하하하하⋯⋯."

바기라가 배를 두드리며 웃었다. 그러나 그 웃음소리는 마을 사람들에게 공포심을 불러일으키는 소리였다.

"흥, 이번엔 메슈아가 표범으로 둔갑해 나타났다고 하겠지?"

모글리가 창밖에서 비웃듯 중얼거렸다.

"저들은 너무 놀라서 오늘 밤은 꼼짝 못 하고 집 안에만 틀어박혀 있을 거야. 자, 안심하고 우리도 산으로 돌아가 잠이나 자자."

바기라가 껑충 뛰어 다시 창문 밖으로 나왔다.

이튿날 아침, 모글리가 잠에서 깨어 보니 바기라는 벌써 사슴 한 마리를 잡아다 놓고 맛있게 뜯고 있었다.

"새벽에 나가서 먹잇감을 구해 왔지. 참, 네가 보낸 그 두 사람은 무사히 큰 마을에 도착했다더라."

"그걸 어떻게 알았지?"

"너의 엄마 늑대가 솔개 티루 편에 소식을 전해 왔어. 도중에 말을 사서 타고 빨리 갔다는구나."

메슈아 부부가 무사히 목적지에 도착했다는 말에 모글리는 안도의 숨을 쉬었다. 그러나 그의 가슴속에는 아직 풀리지 않은 분노가 그대로 남아 있었다. 모글리는 바기라가 아침 식사를 끝내기를 기다렸다가 이렇게 당부했다.

"바기라, 미안하지만 산 밑에 내려가 하티를 좀 불러다 줘."

"하티? 고집쟁이 코끼리 말이지? 그건 왜?"

"부탁할 게 좀 있어. 올 때 새끼 세 마리도 함께 오라고 해 줘."

"글쎄, 그 고집쟁이가 부른다고 올까? 아무튼 내려가 볼게."

혼자가 된 모글리의 눈앞에는 울며 떠난 메슈아 부인의 얼굴이 떠올랐다. 얼굴을 비벼 줄 때 온몸에 흐르던 감동도 되살아났다.

'어쩌면 그분이 정말 나를 낳아 준 친어머니일지도 몰라.'

그런 생각을 하자 브르데오를 비롯한 마을 사람들이 더욱 미워졌다. 그들은 메슈아 부부의 재산을 빼앗기 위해서 엉터리 같은 죄를 만들어 그분들을 죽이려 했던 것이다.

모글리가 분노를 참을 수 없어 몸을 꼬고 있을 때 하티가 돌기둥 같은 다리로 뚜벅뚜벅 걸어 동굴 앞에 나타났다. 뒤에 새끼 세 마리도 따라왔다.

"하티, 와 줘서 고마워."

모글리가 그의 긴 콧등을 살살 긁어 주며 인사를 했다.

"그런데 나한테 부탁한다는 게 뭐야? 다른 친구들이 부르면 어림도 없는데, 모글리가 부른다고 해서 올라왔어."

모글리는 웃으며 말했다.

"하티도 내가 사람의 마을에서 쫓겨난 것은 알고 있지?"

"응, 그 얘기는 나도 들었어. 돌까지 맞았다면서?"

"응. 난 지금 사람들이 미워서 견딜 수가 없어. 그들은 나를 내쫓았을 뿐 아니라, 나를 돌봐 준 아주머니까지 불에 태워 죽이려고 했어. 나는 그들을 용서할 수가 없어."

하티가 짐작이 간다는 듯 모글리에게 되물었다.

"그래서? 나에게 보복을 해 달라는 말인가?"

"하티, 이 부탁은 결코 나만을 위해서 하는 게 아니야. 사람들은 잔인한 동물이야. 언제 총을 들고 와 밀림의 친구들을 죽일지 몰

라. 그걸 막으려면 사람이 이 부근에 살지 못하게 내쫓아야 해."

그러자 새끼코끼리들이 코를 푸푸 불며 맞장구를 쳤다.

"맞아, 맞아."

"사람들을 내쫓아야 해."

모글리는 하티의 다리를 긁어 주며 다시 말했다.

"그렇다고 사람들을 해치라는 건 아니야. 그건 밀림의 규칙에도 어긋나는 일이야. 다만, 그들이 살지 못하도록 마을과 논밭을 짓밟아 달라는 것뿐이야. 그래서 우리 밀림을 더 넓히고, 너의 자식들이 그곳에서 자유롭게 뛰어다니며 놀게 하자는 거야."

하티가 한참 생각하더니 고개를 끄덕이며 말했다.

"그러니까 이것은 밀림과 사람의 싸움이로군."

"그렇다고 보아도 돼."

하티가 또 한참 생각하다가 말했다.

"그렇지만 이 일은 우리 코끼리 네 마리의 힘만으로는 어려워. 밀림의 초식 동물을 모두 불러 모아야 해."

"그건 하티가 알아서 해."

하티는 몸통에 비해 턱없이 작은 눈을 이리저리 굴리다가 고개를 끄덕이며 산 밑으로 내려갔다.

"생각해 볼게."

모글리의 복수

이튿날, 밀림에서는 이상한 일이 벌어졌다. 코끼리 네 마리가 초식 동물들이 다니는 길목에 나와 정신없이 풀을 뜯어먹고 있는 것이었다. 땅바닥의 풀만 먹는 것이 아니라 나뭇잎까지 모조리 갉아먹어, 넓은 산비탈이 마치 이발한 사람의 머리통처럼 텅 비었다. 그런데도 코끼리들은 걸신들린 듯 계속 먹기만 하고 있었다.

지나가던 동물들이 하도 이상해서 물어보았다.

"여보게, 하티. 배에 구멍이라도 뚫렸는가? 흔한 게 풀인데, 웬걸 그렇게 먹어 대나?"

그러나 하티는 고개도 돌리지 않고 심각하게 말했다.

"말도 말게. 이제 곧 가뭄이 들어 이 산엔 풀 한 포기 남지 않을 거네. 자넨 아직 소식 못 들었나? 그러니 먹이가 떨어지기 전에 실컷 먹어 둬야지.”

“아니, 그게 정말인가?”

“정말이 아니면 내가 미쳤다고 흔한 나뭇잎을 이렇게 먹겠는가?”

“그럼 큰일 아닌가! 먹을 게 바닥나면 우린 어디로 가지?”

“저 아래 산 밑 마을에 가면 먹을 게 산처럼 쌓였다네. 우리도 곧 그리로 갈 거야. 다른 짐승이 오기 전에 가야 더 많은 먹이를 차지하지.”

이 소문은 곧 온 산에 퍼졌다.

‘곧 가뭄이 들어 풀이 마른다더라, 산 밑 마을에 가면 먹을 것 천지라더라, 먼저 가야 더 많은 먹이를 차지할 수 있다더라.’

이 소문에 가장 먼저 움직인 동물은 먹성 좋은 멧돼지들이었다. 그들은 줄줄이 떼를 지어 산 밑으로 내려갔다. 그 뒤를 겁 많은 사슴과 양들이 따라갔다. 뒤이어 여우와 토끼, 고슴도치들이 따라가고, 나중에는 물가에 사는 야생 물소들까지 따라나섰다.

그들에게 길 안내를 하는 것은 갈색 곰 바루였다. 바루는 밀림의 선생님답게 말 안 듣는 동물들을 꾸짖어 산속 동물들이 모두 한 대열에 동참하게 만들었다.

산 밑으로 내려온 동물들은 마을을 빙 둘러싸고 먼 데서부터 곡식과 채소를 뜯어먹기 시작했다. 그들이 지나간 자리에는 풀뿌리 하나 남아나는 게 없었다.

초식 동물이 모두 마을로 내려가자 이번에는 육식 동물들도 따라서 내려갔다. 산속에 잡아먹을 동물이 없어졌기 때문에 저절로 따라 내려올 수밖에 없었다. 육식 동물들은 초식 동물들의 주위를 빙빙 돌다가 외톨이로 떨어져 나온 놈들을 공격했다. 그러니까 초식 동물들은 육식 동물들을 피해서 점점 마을 안쪽으로 둘레를 좁혀 들어갈 수밖에 없었다.

때는 마침 논밭의 곡식이 누렇게 익어 가는 계절이었다. 논밭 가에는 원두막처럼 지은 파수막이 있어서, 밤에는 파수꾼들이 그 위에서 자며 익어 가는 곡식을 지켰다.

그날 밤도 마을 가까운 파수막에서 잠을 자던 농부 네 사람은 한밤중에 지진이 일어난 듯 땅이 쿵쿵 울리는 바람에 잠이 깼다. 무슨 일인가 하고 밖을 내다보던 농부들은 그만 목이 컥 막혔다. 무슨 벽 같은 것이 앞을 가로막나 싶더니 파수막 기둥이 폭삭 주저앉는 게 아닌가.

"귀, 귀신? 사, 사람 살려!"

사실은 코끼리 하티가 긴 코로 기둥을 감아 쓰러뜨렸던 것이다. 땅에 곤두박질치며 떨어진 농부들은 뒤도 돌아보지 못하고 집으

로 달려가 밤새도록 방 안에서 꼼짝도 하지 않았다.

다음 날 날이 밝자 밖으로 나온 농부들은 기가 막혀 벌린 입을 다물지 못했다. 온 들판이 짐승들에게 짓밟혀 벼 이삭 하나 남아 있지 않았던 것이다.

"아이고, 망했다. 일 년 농사를 망쳤으니 무얼 먹고 산담?"

"이건 마귀들 짓이야. 아무리 산짐승이라 해도 이렇게 깡그리 먹어 치울 수는 없어."

밤새도록 곡식과 채소를 먹어 치운 동물들이 새벽이면 감쪽같이 산으로 올라가니 사람들은 이것까지도 마귀들의 짓으로 여겼다.

그런데 이런 일이 하루이틀 어느 한 곳에서만 일어나는 것이 아니라, 한 달을 두고 마을 곳곳에서 일어났다. 이제 마을은 집들만 달랑 남아 있을 뿐, 둘레의 논밭은 폐허가 되다시피 했다. 사람들은 당장 먹을 것이 떨어져 어떤 사람들은 산에 가서 나물을 뜯어오기도 하고, 어떤 사람들은 먼 마을 친척집에 가서 식량을 꾸어오기도 했다.

그런 중에도 은근히 기뻐하는 사람이 있었다. 마을에 단 하나밖에 없는 쌀가게 주인이었다.

"후훗, 지난봄에 쌀을 많이 사 두기를 잘했어. 이런 일이 생길 줄이야 누가 알았나. 어쨌든 이제는 부르는 게 값이니 좀 더 기다렸다가 값이 몇 배로 오른 뒤에 팔아야지. 이참에 나도 한몫 잡아야 할 게 아닌가."

그러나 쌀가게 주인의 욕심도 며칠 가지 못했다. 어느 날 밤, 또 지진이 난 듯 땅이 쿵쿵 울리더니 쌀을 쌓아 둔 창고가 와르르 무너져 내렸던 것이다. 그러자 멧돼지, 사슴, 양, 토끼, 심지어 쥐들까지 몰려와 밤새도록 쌀을 먹어 치웠다. 이튿날, 놀라 달아났던 주인이 다시 와 보았을 때는 산더미처럼 쌓였던 쌀가마가 흔적도 없이 사라지고, 바닥에는 짐승들이 싸 놓은 똥만 수북했다.

"아이구, 망했구나!"

쌀가게 주인은 그 자리에 주저앉아 땅을 치며 통곡했다.

쌀가게마저 사라지자 마을은 점점 살기 어려운 곳이 되고 말았다. 돈이 있어도 먹을 것을 구할 수가 없으니 어떻게 살겠는가.

거기다가 마을에는 낮에도 사나운 맹수들이 나타나 사람 사는 집 안을 기웃거리는 일이 잦아졌다. 전에는 맹수가 내려와도 밤에만 나타났다가 사람에게 들키면 달아났는데, 이제는 사람을 보아도 달아나기는커녕 버티고 서서 노려보기까지 했다. 그래서 사람들은 밖에 나와 얼씬거리기도 어렵게 되었다.

밤만 되면 가축들이 피해를 입었다. 마구간에 매어 둔 소나 물소들이 아침에 나와 보면 소리 소문 없이 목이 잘리거나 머리가 움푹 들어간 시체로 나뒹구는 일이 매일 밤 되풀이되었다. 바기라와 잿빛 늑대 형제들이 내려와 저지르고 가는 짓이었다.

사람들은 브르데오 영감을 찾아가 따졌다.

"이럴 때 그 좋은 총 솜씨를 좀 보여야 할 게 아니오?"

그러나 허풍 떨기 좋아하던 브르데오 영감도 이제는 얼굴이 시커멓게 질려 아예 총을 들려고 하지 않았다. 총으로 쏘아 잡기에는 맹수들이 너무 많았고, 잘못 건드렸다가 마귀의 노여움을 살까 봐 몸을 사리는 것이었다.

마을 사람들은 다시 스님을 찾아갔다.

"스님, 이건 아무래도 예삿일이 아닌 것 같습니다. 먹을 양식도 없는데, 밤낮없이 맹수들이 내려와 설치니 불안해서 어떻게 살겠습니까? 무슨 좋은 방도가 없을까요?"

스님도 고개를 절레절레 흔들었다.

"글쎄. 부적을 써 붙여도 안 되고, 마귀 쫓는 주문을 외워도 소용이 없으니 난들 어찌하겠소. 이건 신령님이 노해도 보통 노하신

게 아니니 각자 알아서 조심하는 수밖에 도리가 없소."

마을 사람들은 생각다 못해 깊은 산속에 사는 '곤드'들을 불러 보기로 했다. 곤드란 '산사람'이란 뜻으로, 그들은 독화살을 가지고 다니면서 사냥을 해서 먹고 사는 원주민들이었다. 산속에서 사냥만 하는 사람들이라 대담하고 무척 용맹스러웠다.

그러나 그들도 마을에 내려와 상황을 살펴보고는 고개를 젓고 가 버렸다.

"우리도 이렇게 많은 맹수들하고는 싸워 본 적이 없소. 섣불리 건드렸다가는 우리가 당하기 쉽소."

이제는 방법이 없었다. 마을 사람 중에 이발사네 가족이 먼저 짐을 꾸려서 어디론가 떠나 버렸다. 그러자 그날 밤 바로 코끼리 네 마리가 나타나 이발사네 집을 형체도 없이 허물었다.

다음 날은 대장간 집이 마을을 떠났다. 주인이 떠나자 이번에도 어김없이 코끼리가 나타나 집을 허물어 버렸다. 코끼리들이 사람 사는 집은 그대로 두고 빈집만 골라 가며 허무는 것이 그나마 다행이었다.

이제 마을에는 갈 데가 없는 사람과 논밭을 두고 떠나지 못하는 사람들만 남았다. 그들은 버티는 데까지 버텨 보자는 배짱으로 남아 있는 사람들이었다.

그러나 곧 장마철이 시작되어 매일같이 큰비가 내렸다. 그러자 이번에는 코끼리들이 아직 사람이 사는 집의 지붕을 허물어 버렸다. 사람은 다치지 않았지만, 장마에 집이 새니 더 버틸 수 없는 지경이 되고 말았다.

사람들은 간신히 몇 가지 살림살이만 챙겨 가지고 빗속에 쓸쓸히 마을을 떠났다. 그래도 끝까지 남아 집을 지키던 브르데오 영감과 촌장이 떠나는 날은 모글리도 마을 뒷산에 내려와 그들이 떠나는 모습을 지켜보았다.

메슈아와 자기에게 그렇게 못되게 굴던 두 사람이지만, 그들이 비를 쫄쫄 맞고 떠나는 모습을 보니 모글리의 마음도 왠지 편치 않았다.

'이제 드디어 원수를 갚았어! 그런데 나는 왜 이렇게 마음이 아픈 걸까?'

모글리 자신은 깨닫지 못하고 있었지만, 그것은 그의 몸속에 사람의 피가 흐르고 있기 때문이었다. 슬픈 일을 보면 울고 싶고, 남에게 괴로움을 끼쳤을 때는 자신의 마음도 괴로워진다는 사실을 그는 아직 모르고 있었던 것이다.

마지막 두 사람이 떠나자 코끼리 하티는 마을의 남은 집과 울타리까지, 사람의 자취가 배어 있는 것은 모조리 허물어 버렸다.

그리고 몇 달 뒤 한바탕 장마가 지나갔을 때는 그곳에 마을이 있었던 흔적은 아무 데서도 찾아볼 수가 없게 되었다. 온 마을에 숲이 우거져, 어디가 집터고 어디가 논밭이 있던 자리인지 분간할 수 없었다.

다시 또 몇 번의 장마철이 지나가자 그곳은 숲과 나무가 빽빽히 들어찬 밀림이 되었다. 새로 생긴 밀림에는 사슴이며 멧돼지들이 내려와 먹잇감을 찾기도 하고, 코끼리 형제가 찾아와 놀다 가기도 했다.

결국 이곳은 사람의 기억에서 차차 잊혀져 가는 깊은 산속이 되고 말았다.

하이에나 떼의 습격

사람의 마을을 밀림으로 만들어 버리고 나서 모글리는 시오니산의 '밀림의 왕자'가 되었다. 아무리 크고 용맹스러운 맹수도 해낼 수 없는 일을 그는 눈 하나 깜짝하지 않고 해냈던 것이다.

그러나 모글리가 자라난 그만큼 주변의 모든 것도 변하는 게 세상의 이치였다.

모글리를 그토록 사랑하고 아껴 주던 엄마 늑대와 아빠 늑대는 세상을 떠났고, 바루와 바기라도 늙어 굴속에 들어앉아 지내는 날이 많아졌다. 더구나 대장 아케라는 몸을 움직이기도 어려울 만큼 노쇠하여, 모글리가 매일 먹을 것을 잡아다 주어야 할 형편이 되었다.

아케라의 뒤를 이어 새 대장이 된 것은 파오였다. 파오는 힘이 세고 사냥을 잘할 뿐 아니라, 먼저 대장이었던 아케라에게도 깍듯이 예의를 차려 산속 늑대들의 신망을 받았다. 덕분에 밀림에는 다시 평화로운 나날이 계속되었다.

모글리는 그동안 잿빛 늑대 형제들과 한 동굴에 살면서 전보다 더 깊은 우애를 쌓아 갔다. 세상을 떠난 엄마아빠 늑대의 은혜를 잊을 수 없어 그들의 시체를 동굴 앞에 묻고 아침저녁으로 돌보는 일도 잊지 않았다.

그날도 저녁때가 되어 아케라에게 줄 사슴 한 마리를 메고 바위산으로 올라가던 모글리는, 멀리서 들려오는 이상한 소리에 걸음을 멈추었다.

소리가 너무 멀어 잘 들리지는 않았으나 바람을 타고 이어졌다 끊어졌다 하면서 들리는 소리는 어딘지 음침하고 기분 나빴다.

'혹시 타바키란 놈이 돌아온 게 아닐까?'

고자질쟁이 타바키는 시아칸이 죽은 뒤로 밀림에서 자취를 감추고 다시는 나타나지 않았던 것이다. 그러나 자세히 들어 보니 타바키의 소리가 아니라 수십, 아니 백 마리도 넘는 짐승들이 제멋대로 떠들고 짖는 소리 같았다.

모글리는 급히 회의장으로 올라갔다. 회의장에는 벌써 아케라

를 비롯하여 새 대장 파오와 젊은 늑대들이 모여 역시 그 소리에 귀를 기울이고 있었다.

경험 많은 아케라가 한참 소리를 듣고 나서 이렇게 말했다.

"저건 분명히 우리 밀림 쪽으로 오고 있는 소리다. 어떤 무리인 지는 확실치 않으나 굉장히 많은 수가 이쪽으로 몰려오고 있는 것 만은 틀림이 없어. 여차하면 한바탕 싸움을 벌여야 할 사태가 벌 어질지도 모르겠다. 아이들과 엄마 늑대들은 안전한 곳으로 대피 하고, 젊은 늑대들은 싸울 준비를 하는 것이 좋겠다."

그때였다. 건너편 산비탈에서 이쪽을 향해 지르는 고함 소리가 들렸다.

"먹잇감이 잔뜩, 우리는 서로서로 한 핏줄! 그쪽에 동료가 있으 면 나를 좀 도와주시오."

젊은 늑대들이 한달음에 달려가 온몸이 피투성이가 된 늑대 한 마리를 부축해 왔다. 그는 앞발 한쪽도 심하게 으깨져 있었다.

"당신은 누구요? 어쩌다가 그렇게 다쳤소?"

대장 파오가 물었다.

"나는 본토라요. 저쪽 와잉궁가강 건너편에 살고 있는데, 하이 에나 떼의 습격을 받았소."

본토라란, 한곳에 머물러 있지 않고 이곳저곳 떠돌아다니며 사는 늑대를 가리키는 말이었다. 본토라는 다친 상처의 통증이 큰지 자꾸 다리를 떨며 말했다.

"놈들은 백 마리도 넘는 대집단이오. 원래 저 북쪽 데칸 고원에 살던 놈들인데 그쪽에 사냥감이 줄어들자 남쪽으로 이동을 하고 있소. 나는 놈들과 싸우다가 아내와 자식을 모두 잃고 혼자 겨우 도망쳐 왔소. 그들은 사납기 짝이 없는 놈들이오."

늑대들은 아연 질색했다. 이제까지 하이에나와 싸워 본 경험은 없었으나, 놈들이 타바키보다도 더 지저분하고 사납다는 것은 이미 잘 알고 있었다. 그런 놈들이 백 마리도 넘는 대집단을 이루어 남쪽으로 내려오고 있다니, 보통 큰 문제가 아니었다.

파오가 대장답게 차근차근 정보를 캐물었다.

"그들은 지금 어디쯤 오고 있소?"

"와잉궁가강 북쪽 밀림 지대에 있으니까 아마 하루나 이틀 뒤면 여기까지 내려올 것이오."

"그들도 예의나 질서를 지킬 줄 아는 놈들이오?"

"천만에요. 먹잇감이 있으면 서로 차지하려고 벌 떼처럼 달려들어 싸우고, 남의 사냥터 빼앗기를 밥 먹듯 하는 놈들이오. 아마 여기도 그놈들이 한번 지나가면 사냥감이 씨가 마를 것이오."

"귀한 정보를 알려 줘서 고맙소. 우선 이걸 먹고 좀 푹 쉬시오."

파오는 먹다 남은 사슴 다리를 본토라에게 내주고, 회의장에 모인 늑대들에게 말했다.

"자, 모두 들었지요? 아까 아케라의 말씀처럼 아이들과 여자들을 제외한 남자 늑대들은 모두 강가로 내려갑시다. 우리 밀림으로 오자면 강을 건너야 할 것이니, 모두 강가에 숨어 있다가 건너오는 적들을 물어 죽이도록 합시다."

그 말을 듣더니 본토라가 말도 안 된다는 듯이 말렸다.

"당신들은 하이에나가 얼마나 지독한 놈들인지 잘 모르는 것 같소. 숫자로만 봐도 상대가 안 되고……. 내 생각에는 그들이 지나갈 때까지 잠시 피하는 게 좋겠소. 그게 희생을 줄이는 길이오."

그러자 파오가 불끈 성을 냈다.

"아니, 그런 겁쟁이 같은 소리를 하려거든 입 다무시오. 우리는 비굴하게 사는 것보다 용감하게 싸우다 죽는 길을 택할 것이오."

아케라도 만족하다는 듯 고개를 끄덕이며 말했다.

"파오의 말이 맞다. 이곳은 우리 늑대들이 조상 대대로 살아오면서 가꾸고 지킨 땅이야. 이런 신성한 땅에 하이에나 같은 무례한 적이 들어오게 할 수는 없어. 나는 늙은 몸이지만 기꺼이 나가 싸우겠다."

그 말에 본토라도 기운이 나는지 정색을 하고 말했다.

"나도 당신들이 싸운다면 목숨을 바쳐 함께 싸우겠소."

아케라가 이번에는 모글리를 돌아보았다.

"모글리, 너야말로 잠시 몸을 피하는 게 좋겠다. 하이에나와 싸우기에는 네 피부가 너무 약해."

그 말을 듣고 이번에는 모글리가 불끈 화를 냈다.

"뭐야? 동료들이 싸우는데 나보고 낮잠이나 자고 있으라고? 그건 나에 대한 모욕이야!"

모글리는 목에 걸고 있는 칼집에서 단도를 뽑아 들었다.

"나에겐 이빨과 발톱 대신 이 칼이 있어! 이것으로 나는 시아칸의 가죽도 벗겼지. 우리가 똘똘 뭉치면 아무도 이 땅에 발을 들여놓을 수 없어. 자, 그럼 나는 먼저 강을 건너가서 놈들의 동정을 살펴보고 오지. 그동안에 너희는 싸울 준비를 하고 있어라."

말을 마치자 모글리는 한달음에 강가로 뛰어 내려갔다. 모글리의 뒷모습을 바라보며 늑대들은 싸울 각오를 더욱 단단히 다졌다. 모글리를 처음 본 본토라도 소문에 듣던 '시오니산의 사람 아이'를 든든한 마음으로 지켜보고 있었다.

강가로 내려온 모글리는 우선 비단구렁이 카를 찾아갔다. 늑대들의 사기를 올려 주기 위하여 큰소리를 쳤지만, 사실은 모글리에게도 아직 하이에나 떼를 물리칠 뾰족한 방법이 없었던 것이다.

카는 밀림에서 가장 오래 산 동물이기 때문에 어쩌면 좋은 방법을 가르쳐 줄지도 몰랐다.

황급히 달려오는 모글리를 보고 카가 크게 하품을 하며 물었다.

"모글리, 이번엔 또 뭐야? 혹시 또 원숭이들을 물리쳐 달라고 온 건 아니겠지?"

모글리는 저녁 햇빛을 받아 반짝반짝 빛나는 카의 등에 장난치듯 올라앉으며 말했다.

"이번에는 원숭이보다 더 지독한 놈들이야. 북쪽에서 하이에나 떼가 몰려오고 있어."

"하이에나? 정말 지저분한 놈들이 오고 있군."

카는 하이에나에 대해서 아는 게 많은지 말만 듣고도 고개를 저었다. 모글리는 그의 등을 살살 긁어 주며 도움을 청했다.

"하루나 이틀 뒤면 놈들이 이 강을 건널 모양이야. 어떻게, 물리칠 방법이 없을까?"

모글리는 속으로 애가 타는데 카는 태평스러운 소리만 했다.

"그런 거라면 걱정 마. 내가 너를 하이에나들이 못 건너는 깊은 늪으로 피신시켜 주지."

"그런 게 아니야. 나는 놈들과 싸울 거야. 그런 무례한 놈들이 우리 밀림을 짓밟게 할 수는 없어."

"싸움이라면 늑대들이나 하게 내버려둬. 너는 그런 일에 끼어들지 않는 게 좋아."

"뭐? 같은 산의 동료들이 죽음을 무릅쓰고 싸우는데 너는 안전한 늪에서 낮잠이나 자겠다, 그 말이야?"

모글리가 화를 내도 카는 여전히 태평했다.

"아흠. 해가 넘어가는데 네가 와서 등까지 긁어 주니 저절로 잠이 오는걸."

"좋아. 알고 보니 너는 겁쟁이로구나. 지난번 코끼리 하티는 나를 도와 사람의 마을을 휩쓸었는데, 너는 하티보다 오래 살았다면서 용기는 하티의 반도 못 미치는구나."

모글리가 더 참지 못하고 등에서 내리려고 하자, 카는 꿈틀하면서 말렸다.

"그냥 앉아 있어. 하티와 날 비교하다니, 그건 내게 모욕이야."

"그럼 나를 도와주겠다는 거야?"

역시 하티와 비교한 것이 그의 자존심을 자극한 모양이었다. 카는 잠시 강 건너 높은 낭떠러지 바위를 바라보다가 좋은 생각이 났다는 듯 주르르 미끄러져 강물 속으로 들어갔다.

"아무려면 내가 하티보다 못하겠니? 자, 내 목을 꽉 잡아."

카는 모글리를 등에 태우고 구불텅구불텅 강물 위를 헤엄쳐 가며 알 수 없는 소리를 했다.

"하이에나 녀석들은 화가 나면 끝까지 적을 쫓아오는 집요함이 있어. 그걸 이용하면 간단히 쳐부술 수 있을 거야."

"……."

모글리는 카가 무슨 생각을 하고 그런 소리를 하는지 알 수 없어 그냥 듣기만 하고 있었다.

카는 어느새 땅거미가 내려앉은 건너편 바위 벼랑 쪽으로 모글리를 태우고 가며 이런 말을 했다.

"내가 젊었을 때는 저 벼랑 밑에 가서 기다리고 있다가 위에서 떨어지는 사슴이나 양을 받아 먹는 게 큰 재미였어. 저기서 기다리고 있으면, 늑대나 표범에게 쫓긴 짐승들이 정신없이 달려오다가 그대로 굴러 떨어지게 마련이거든. 그러면 힘 하나 안 들이고 포식을 할 수 있었지."

모글리는 그제야 카가 하는 말을 알아듣고 정신이 번쩍 들었다.

"아, 그러니까 하이에나 떼를 저 벼랑 위로 끌어들여 절벽에서 떨어져 죽게 하자, 그 말이로군?"

"두말 하면 잔소리지!"

"그렇지만 백 마리도 넘는 하이에나를 어떻게 저 절벽 위로 끌어들이지?"

"그러니까 머리를 써야지. 내가 아까 뭐랬어? 하이에나는 화가 나면 적을 끝까지 쫓아올 정도로 집요하다고 했잖아."

"음, 그러니까 놈들을 화나게 해서 이쪽으로 유인한다?"

모글리는 대충 감이 잡히면서도 아직 자신감이 생기지 않아 머뭇거렸다. 그것을 알고 카가 놀리듯 말했다.

"왜? 하이에나 떼를 몰아오기가 겁나?"

"아니, 겁날 건 없어. 나는 나무를 탈 줄 알지만 놈들은 나무에 올라오지는 못하니까. 나무에서 놈들을 화나게 해 몰고 오면 돼!"

"그런데 뭘 주저해? 좀 전까지만 해도 금방이라도 나가 싸울 듯이 설치더니."

모글리는 놈들을 꾀어 들일 방법을 여러 가지로 생각해 본 뒤에 마지막으로 물었다.

"그런데 나는 어떻게 하지? 놈들을 몰고 이 절벽까지 와서 나도 함께 떨어져 죽어라, 그 말인가?"

그러자 카는 우스워 죽겠다는 듯 긴 혀를 빼물고 키득키득거리다가 안심하라는 듯이 말했다.

"걱정 마. 밑에는 내가 있으니까."

"혹시 나까지 꿀꺽하려는 건 아니겠지?"

"왜? 겁나나? 이 밀림의 신사가 사람을 해쳤다는 말 들어 봤어?

너는 네가 사람이라는 것을 모르고 있나 보구나?"

그제야 자신감이 생긴 모글리가 카의 목덜미를 꽉 끌어안으며 진심으로 고마워했다.

"카, 정말 고마워. 네가 가르쳐 준 방법대로 하면 틀림없이 성공할 거야. 바위산의 늑대 친구들이 알면 그들도 너에게 고마워할 거야."

그러자 카가 목덜미를 으쓱하며 섭섭하다는 듯이 말했다.

"이래도 내가 코끼리 하티만 못하냐?"

"아냐, 아냐. 아까 그 말은 화가 나서 그냥 한 소리였어. 미안해. 하티가 힘으로 밀어붙이는 데 우세하다면, 너는 지혜를 발휘하는 데 한 수 위야."

그 말에 카는 기분이 좋아져서 꼬리로 철썩철썩 물장구를 치며 이런 것도 알려 주었다.

"잘하면 너는 호박벌의 도움을 받을 수도 있을 거야."

"호박벌이라니?"

"저 앞 절벽 위를 봐 봐."

날이 이미 어두워 자세히 보이지는 않았지만 절벽 위에는 고슴도치처럼 생긴 까만 덩어리들이 다닥다닥 붙어 있었다.

"저게 다 호박벌들의 집이야. 저 집 속에 수천의 수천, 또 수천

마리가 넘는 호박벌이 살고 있어. 지금은 밤이라서 자느라 조용하지만, 낮이 되면 새까맣게 날아올라 하늘을 가릴 때도 있어. 특히 누가 자기 집을 건드린다 싶으면 무섭게 달려들어 독침을 쏘지. 그럼 아무리 사나운 맹수라도 온몸이 마비되어 결국 죽게 되지. 죽지 않더라도 몸이 말을 안 들어 고생 좀 하겠지?"

"으……."

모글리는 으스스한 기분이 들어 호박벌들의 집을 다시 한 번 쳐다보았다.

드디어 강을 다 건너온 카는 바로 그 절벽 밑에다 모글리를 내려 주고 돌아갈 차비를 하면서 다시 한 번 당부했다.

"하이에나를 만나면 잔뜩 약을 올려 화나게 하는 걸 잊지 마."

"알았어. 고마워, 카."

"그럼 나는 돌아가서 바위산 친구들에게 네 소식을 전하겠어. 그리고 싸울 준비를 하라고 일러 줄게."

"그럼 잘 가. 나중에 다시 이리 올 거지?"

"걱정 말라니까."

카는 캄캄해진 강물 위로 길게 물살을 일으키며 다시 건너편으로 사라졌다.

와잉궁가강의 대결전

　강변에 내린 모글리는 다시 절벽 위를 쳐다보았다. 잘못 떨어지면 몸이 그대로 박살날 것 같은 높이였다. 정말 강변 바위틈에는 떨어져 죽은 짐승의 뼈가 어둠 속에 즐비하게 널려 있었다.

　모글리는 길게 심호흡을 한 뒤에 절벽 밑을 걸어 강 상류 쪽으로 올라갔다. 벼랑 위로 올라가려면 절벽이 아닌 옆 골짜기를 타고 가야만 하기 때문이었다.

　아무리 처음 와 보는 곳이지만 모글리에게는 캄캄한 밤에도 길을 찾아 산을 오르는 감각이 발달되어 있었다. 그것은 십 년이 넘는 밀림 생활에서 저절로 길러진 감각이었다. 좀 힘이 들기는 했지만, 한밤중이 조금 넘어 모글리는 마침내 벼랑 위에까지 올라갔다.

벼랑 위는 펑퍼짐한 바위산이었다. 밀림은 거기서 한참 떨어진 능선에서부터 북쪽으로 이어져 있었다.

모글리는 내일 날이 밝으면 지형을 좀 더 자세히 살펴보기로 하고, 벼랑 위 바위틈에 쪼그린 채 눈을 붙였다.

이튿날, 잠이 깬 모글리는 벼랑 끝으로 가 보았다. 발 밑에 검푸른 강물이 모글리를 빨아들일 듯 유유히 흐르고 있었다. 벼랑에서는 잠을 깬 호박벌들이 벌써 날개를 털고 윙윙 날고 있었다.

모글리는 호박벌이 눈치채지 않게 조심조심 돌멩이를 모아 벼랑 끝에다 쌓아 놓았다. 만일을 위한 대비였다. 그런 다음 바위 사이를 터덜터덜 걸어 북쪽 밀림 사이로 들어갔다. 밀림에서 저절로 익어 터진 나무 열매로 간단히 아침 식사를 하고, 능선을 따라 북쪽으로 걸어갔다.

한참 가던 모글리는 땅바닥에서 핏자국을 발견하고, 어제 본토라가 흘린 피일 거라고 짐작했다. 그렇다면 하이에나 떼가 여기서 멀지 않은 곳에 있으리라.

과연 얼마쯤 더 북쪽으로 가자 어제 바위산에서 들은 것과 같은 짐승들의 아우성이 멀지 않은 곳에서 들려왔다. 그와 함께 역겨운 냄새도 확 풍겨 왔다.

모글리는 얼른 높은 나무 위로 올라가 소리가 나는 쪽을 바라보았다. 숲이 어지럽게 흔들리면서 하이에나들이 떼를 지어 남쪽으로 내려오고 있는 것이 보였다.

모글리는 조금 낮은 나무 위로 자리를 옮겨 그들이 가까이 오기를 기다렸다. 졸음이 오는 것을 참으며 한나절쯤 기다려서야 하이에나 떼는 모글리가 있는 나무 밑까지 왔다. 맨 앞에 그들의 대장인 듯 눈이 세모꼴로 생긴 놈이 서고, 그 뒤를 수도 셀 수 없을 만큼 많은 놈들이 무질서하게 따라오고 있었다. 하나같이 꼬리 끝에 부스스한 털이 지저분하게 뭉쳐 있었다.

하이에나 놈들은 나무 위에 있는 모글리를 보고도 그냥 지나쳐 가려고 했다. 모글리는 그들을 자극하려고 일부러 큰 소리로 욕설을 퍼부었다.

"이 더럽고 지저분한 놈들아, 너희는 누구 허락을 받고 남의 사냥터로 들어왔느냐?"

그러자 앞서 가던 대장이 뒤를 돌아 모글리를 쳐다보고는 소리쳤다.

"야, 이 털 없는 원숭이! 누구 앞이라고 함부로 까부느냐? 당장 이리 내려오지 못해?"

"흥, 할 말이 있으면 네가 올라오지 그래? 여기는 밀림의 신사들만 사는 곳이다. 너희처럼 썩은 고기나 파먹는 천한 것들은 올 수 없는 곳이라고. 그러니까 좋은 말로 할 때 돌아가라. 그렇지 않으면 이 어르신에게 크게 혼날 줄 알아라!"

"아니, 저놈이 보자보자 하니까……."

모글리가 속으로 바라던 대로 하이에나 대장은 바짝 약이 올라 그가 앉아 있는 나무 위로 껑충 뛰어올랐다. 모글리는 가볍게 옆의 나뭇가지로 건너뛰면서 놈의 얼굴에다 침을 퉤 뱉어 주었다.

"허, 좋은 말로 할 때 돌아가라니까."

졸지에 침 세례를 맞은 대장은 더욱 약이 올라 길길이 뛰었다.

"이 털 없는 원숭이놈! 그냥 두지 않겠다!"

녀석은 모글리를 한 입에 삼킬 듯 날카로운 이빨을 한껏 벌리고 점점 더 높이 뛰어올랐다. 모글리는 놈의 입에 발이 닿을 듯 말 듯 한 높이에서 계속 옆의 나뭇가지로 건너뛰면서 약을 올렸다.

"어디, 여기까지 올라와 보시지. 그건 안 될걸?"

그러다가 한 순간 단도를 뽑아, 솟았다 떨어지는 놈의 꼬리를 잡고 끝의 털 뭉치를 싹둑 잘라 버렸다.

"으악!"

대장이 비명을 지르며 떨어지자 하이에나들은 흥분할 대로 흥분했다. 이제는 대장뿐 아니라 뒤에 따르던 놈들까지 아우성을 치며 길길이 날뛰었다.

'오냐, 내가 바라던 바다.'

모글리는 날뛰는 놈들을 계속 약올리면서 재빨리 절벽 쪽으로 자리를 옮겨 갔다. 카의 말대로 놈들은 한번 화가 나니 지치는 기색도 없이 악착같이 따라왔다.

마침내 밀림이 끝나는 곳까지 놈들을 유인해 온 모글리는 당황해 하는 것처럼 허둥거리다가 땅으로 껑충 뛰어내렸다. 그리고 절벽 쪽으로 잽싸게 뛰어갔다. 하이에나들은 이제야 모글리를 잡을 기회가 왔다는 듯 더욱 기를 쓰고 쫓아왔다.

드디어 벼랑 끝까지 온 모글리는 아침에 쌓아 놓았던 돌무더기를 한꺼번에 절벽 아래로 밀어 버리고 자신도 몸을 날려 절벽 아래로 뛰어내렸다.

'철버덩!'

강물에 몸이 닿는 순간 모글리는 부드럽고 물컹한 것이 몸을 받쳐 주는 것을 알았다. 카가 물가에서 기다리고 있다가 떨어지는 모글리를 받아 충격을 줄여 준 것이었다.

"잘했어, 성공이야! 저걸 봐."

카가 모글리를 등에 태운 채 머리를 들어 절벽을 가리켰다.

"아!"

모글리도 입이 다물어지지 않을 지경이었다. 절벽 위에 벌떼가 새까맣게 날아올라 하늘을 가리고 있고, 그 사이로 하이에나들이 한 마리 두 마리…… 열 마리! 떼를 지어 떨어지고 있었다.

"잘했어. 아주 잘했어. 네가 돌무더기를 밀어 버렸지? 그 바람에 벌들이 더욱 놀란 거야."

카는 이렇게 칭찬하면서 모글리를 태우고 하이에나들이 떨어지지 않는 상류 쪽으로 자리를 옮겨 갔다. 거기서 떨어지는 하이에나 떼를 바라보며 구경꾼처럼 말했다.

"아마 저놈들 중 반 이상이 벌침 독에 마비되어 떠내려가다가 죽을 거야."

그러나 용케 헤엄을 쳐 강변 위로 기어 올라가는 놈들도 많았다. 강변에서는 벌써 늑대와 하이에나 싸움이 한창 벌어지고 있었다.

"그럼 넌 저리 가 봐. 나는 맹수들 싸움에 끼고 싶진 않으니까."

카는 모글리를 다시 강변으로 데려다 주고 멀리 늪지대 쪽으로 가 버렸다.

강변은 그야말로 피비린내가 진동했다. 늑대들도 용감히 싸웠지만 살아 올라온 하이에나의 수가 예상 밖으로 많았다. 그래서 늑대들은 꽤 많은 하이에나를 물어 죽여 놓고도 고전을 면치 못하고 있었다.

"자, 내가 왔다. 모글리가 왔다."

모글리는 강변에 닿자마자 큰 소리로 늑대들에게 알리고, 칼을 뽑아 닥치는 대로 하이에나의 목을 찔렀다. 한 놈을 죽이고 돌아서면 또 한 놈이 달려들고, 그놈을 죽이고 나면 또 다른 놈이 달려들고……, 한도 끝도 없는 싸움이었다.

한참 그렇게 싸우다 잠깐 옆을 돌아보니 아케라도 나와 싸우고 있었다. 그런데 놀라운 것은 늙은 그의 몸 어디에 그런 힘이 남아 있었는지 젊은 늑대 못지않게 적을 물어뜯었다.

'늙었어도 역시 대장은 다르구나!'

모글리가 감탄을 하고 돌아서는데 갑자기 덩치 큰 하이에나 한 마리가 바로 눈앞에서 돌진해 오고 있었다.

"오냐, 덤벼라."

모글리가 단도를 높이 치켜드는데 이번에는 옆에서 늑대 한 마리가 뛰어들어 앞을 가로막았다.

"이놈은 나에게 맡기시오."

본토라였다. 그는 껑충 뛰어올라 단숨에 하이에나를 가로채더니 놈의 목덜미를 물고 놓아주지 않았다. 허를 찔린 하이에나는 몇 번 꿈틀대다가 다시 기운을 차려 이번에는 날카로운 앞발로 본토라의 배를 긁었다. 본토라의 배에서는 곧 피가 흐르면서 허연

내장이 쏟아져 나왔다. 그래도 본토라는 하이에나의 목을 놓지 않았다.

이윽고 하이에나의 목에서 뚜두둑 하고 뼈 부러지는 소리가 났다. 하이에나는 더 힘을 쓰지 못하고 푹 쓰러졌다. 본토라도 목을 문 채로 적의 시체 위에 쓰러져 숨을 거두었다. 그제야 모글리는 죽은 놈이 바로 대장 하이에나인 것을 알았다. 놈의 꼬리 끝이 잘려 나갔던 것이다.

'그랬구나.'

모글리는 비로소 본토라가 적을 가로챈 이유를 알고 숙연한 마음이 들었다. 그는 아내와 자식을 잃은 분노를 풀기 위해 대장 하이에나에게 복수를 하고 장하게 눈을 감은 것이었다.

싸움은 시간이 갈수록 치열해졌다. 하이에나도 많이 죽었지만 그만큼 늑대들의 희생도 컸다. 싸움이 늑대들의 승리로 끝날 것은 확실했지만 그래도 안심하기에는 아직 일렀다.

그때 밀림에서 고함을 지르며 뛰어나오는 한 떼의 늑대들이 있었다. 안전한 곳에 피신시켜 놓았던 엄마 늑대와 새끼 늑대들이 몰려나온 것이었다.

그들이 나오자 싸움은 한결 수월해졌다. 수컷들이 하이에나를 쓰러뜨리면 암컷과 새끼들이 달려들어 적의 목줄기를 끊어 놓았다. 승리가 한층 앞당겨지고 있었다.

어느덧 싸움도 거의 막판에 접어들었다. 정신없이 칼을 휘두르던 모글리가 잠시 숨을 들이마시는 사이, 이번에는 하이에나 두 마리가 한꺼번에 모글리 앞으로 달려들었다. 한 놈을 칼로 찌르고 또 한 놈을 상대하려고 하는데 칼에 찔린 놈이 다시 일어나서 껑충 뛰어올랐다. 두 놈을 함께 상대하기가 어려워 주춤주춤 뒷걸음질 치는데 이번에는 뒤에서 무서운 힘이 모글리를 덮어 눌렀다. 앞에만 신경을 쓰고 있던 모글리는 그대로 푹 엎어지고 말았다.

'아, 이제 끝이로구나!'

고개를 땅바닥에 박은 모글리는 이제 곧 하이에나의 이빨이 목을 파고들 거라고 생각했다. 그런데 웬일인지 몇 초의 시간이 흐른 뒤에도 그런 일은 일어나지 않았다.

후다닥 몸을 일으켜 보니 잿빛 늑대 형제들이 그를 둘러싸고 있었다. 모글리가 위기에 빠진 것을 보고 형제들이 달려와 구해 준 것이었다.

이제 남은 하이에나는 두세 마리뿐이었다. 모글리는 비로소 길게 안도의 숨을 내쉬며 주위를 돌아보았다. 사방에 피투성이가 된 하이에나의 시체가 널려 있었다. 늑대들의 희생도 컸지만 그래도 하이에나에 비하면 아무것도 아니었다.

그런데 아무리 살펴보아도 아케라가 보이지 않았다. 늙은 몸을 이끌고 나와 젊은 늑대 못지않게 싸우던 모습이 눈에 선해 시체들 사이를 돌아다니며 찾아보았지만 어디에도 그의 모습은 보이지 않았다.

"아케라! 아케라!"

싸움터를 몇 바퀴나 돌며 고함을 쳤을 때에야 하이에나 시체 더미 속에서 희미한 소리가 들려왔다.

"모글리, 나 여기 있어."

급히 시체를 들춰 내자 피범벅이 된 아케라의 머리가 나왔다.

"아케라, 정신 차려! 우리가 이겼어!"

모글리가 몸을 들어 옮기려고 하자 아케라는 고개를 저었다.

"그냥 내버려둬. 나는 이 자리에서 죽고 싶어."

"무슨 소리야? 바위산에 가 치료하고 쉬면 다시 건강해질 수 있어. 힘을 내."

그러나 아케라는 입가에 희미한 웃음을 지으며 말했다.

"나를 위로하려고 애쓰지 마. 나는 지금 아주 행복해. 많은 대장들이 부하에게 물려 죽는 것에 비하면, 싸움터에서 적을 물리치고 죽을 수 있다는 것은 얼마나 명예로운 일인지 몰라. 늑대에게 이런 기회는 쉽게 오는 게 아니야."

모글리 눈에도 아케라가 다시 회복되기 힘들어 보였다. 네 다리는 축 늘어지고 눈동자는 빛을 잃고 흐릿했다. 겨우 말만 더듬더듬 하는 아케라를 보며 모글리는 저절로 눈시울이 축축해졌다.

그런 모글리의 얼굴을 쳐다보며 아케라가 힘겹게 말을 이었다.

"모글리, 모두 네 덕분이야. 네가 아니었으면 우리는 정든 사냥터를 하이에나들에게 빼앗기고 말았을 거야. 이건 네가 사람이기 때문에 얻은 승리이기도 해."

"아니야, 나는 사람이기도 하지만 늑대야. 그러니까 그런 인사는 하지 않아도 돼."

그러나 모글리의 말을 그냥 흘려 버리고 아케라는 힘들게 말을 이어 갔다.

"너는 이제 밀림에 진 빚을 모두 갚았어. 늑대가 너를 살려 주고 키워 준 은혜, 바루와 바기라가 너를 가르쳐 준 은혜……. 이 모든 빚을 갚았으니까 이제 사람의 마을로 돌아가. 죽기 전에 이 말을 꼭 해 주고 싶었어."

"무슨 그런 소리를……."

"아니야, 이건 진심에서 하는 소리야. 봄이 오면 꽃이 피듯, 네 가슴속에도 사람을 그리워하는 꽃이 반드시 필 거야. 그때가 오면 미련 없이 떠나도록 해. 이건 밀림보다 더 큰 자연의 법칙이야."

이 말을 겨우 마치고 아케라는 갑자기 숨이 가빠졌다.

"모두 모여라. 아케라가 위독하다!"

곁에 있던 대장 파오가 소리쳤다. 싸움에 지쳐 쉬고 있던 늑대들이 모두 아케라 곁으로 와 둥그렇게 모여 섰다.

아케라가 그들을 보고 들릴 듯 말 듯 더듬거렸다.

"모두…… 잘들…… 있게. 우리는 서로서로 한 핏줄……."

그러고는 온몸의 힘을 모아 공중으로 껑충 뛰어올랐다가, 자기가 죽인 하이에나 시체 더미 위로 털썩 떨어졌다. 그것이 아케라의 최후였다.

모여 섰던 늑대들은 누가 먼저인지도 모르게 노래를 불렀다.

잘 자라 아케라, 늙은 용사여.

밤하늘에 별빛이 밝아 오고 있다.

이 밤이 가면 다시 아침이 온다, 승리의 아침이…….

동료의 죽음 앞에서 부르는 이별의 노래였다. 그 노래를 통해서 시오니산 늑대들의 마음은 더욱 끈끈하게 하나로 뭉쳐졌다.

봄의 설렘

와잉궁가강의 대결전이 있은 지도 벌써 2년이 지났다.

모글리의 나이도 어느새 열일곱, 어디에 내놓아도 빠질 것 없는 늠름한 젊은이가 되었다.

햇볕이 따스한 어느 봄날, 모글리는 바기라와 함께 와잉궁가강 변에 누워 봄빛을 즐기고 있었다. 강에서는 시원한 바람이 불어오고, 그 바람 속에는 꽃향기가 가득 배어 있었다.

모글리는 꽃향기를 흠뻑 들이마시고 나서 바기라에게 의논하듯 말했다.

"바기라, 내가 왜 이런지 모르겠어. 나는 요즘 자꾸 가슴이 답답하고, 어디론지 마구 달려가고 싶은 생각뿐이야. 좀 이상해. 바기

라는 안 그래?"

바기라는 졸린 눈을 감고 대답했다.

"아, 그래? 별일 아니야. 그건 봄 때문이야. 그리고 네가 젊다는 증거이기도 해. 답답하면 산에 올라가 맘껏 달려 보렴. 그럼 좀 후련해질 거야."

"그럴까?"

모글리는 바기라가 권한 대로 바위산에 올라가 잿빛 늑대 형제들을 불러 모았다. 그들과 함께 밀림 속을 달려 볼 생각이었다.

"어디들 있어? 나한테 좀 와 봐."

그러나 아무리 불러도 늑대 형제들은 나타나지 않았다. 어디 먼 곳으로 사냥을 나간 모양이었다.

할 수 없이 모글리는 혼자 걸었다. 걷다가 심심해지면 달리기도 하고, 그러다가 숨이 차면 아무 데나 걸터앉아 쉬기도 했다.

한참 그렇게 가다 보니 사슴 두 마리가 뿔을 맞대고 싸우는 모습이 보였다. 모글리는 습관처럼 칼을 빼 들다가 도로 집어넣었다.

'저놈들도 봄이 되니 나처럼 가슴이 답답한 모양이지?'

또 한참을 가는데 이번에는 여우 두 마리가 서로 엉겨붙어 엎치락뒤치락하고 있었다.

'저놈들도 봄이 되어 답답해 그러나 보다.'

모글리는 피식 웃음이 나왔다.

그러는 사이에 어느덧 날이 저물고 있었다. 사방을 돌아보니 어느새 와잉궁가강 상류 쪽으로 꽤 멀리 와 있었다. 그런데도 웬일인지 다시 동굴로 돌아가고 싶은 마음이 들지 않았다. 계속 어디론지 가고 싶고, 누군가와 만나 이야기를 하고 싶어졌다.

문득 아케라가 숨을 거두면서 해 준 말이 생각났다. 봄이 오면 꽃이 피듯 네 가슴속에도 사람을 그리워하는 꽃이 필 것이라고.

'그렇다면 내가 지금 사람을 그리워하고 있는 것일까?'

그런 생각을 하는 동안 발길은 강변 갈대숲에 내려와 있었다. 모글리가 나타나자 물새들이 푸드득 날아올라 석양으로 물든 하늘로 날아갔다. 모글리는 그날 밤 숲에 누워 별을 쳐다보며 잠이 들었다.

이튿날 아침, 잠이 깨어 물가로 내려가니 물소가 뻘에 누워 있다가 모글리를 보고 벌떡 일어섰다. 모글리는 전에 물소를 몰고 다닐 때 익혀 둔 그들의 말을 생각해 내어 서툴게 물어보았다.

"혹시 이 근처에 사람의 마을이 있니?"

그러자 물소는 이상하다는 듯 모글리를 바라보다가 한마디 하고는 얼른 강물 속으로 피해 들어갔다.

"북쪽으로 조금만 더 가 봐."

물소의 말대로 초원을 한참 가로질러 가자 들판에 오두막집 한 채가 나타났다. 언젠가 '붉은 꽃'을 훔쳐 오던 때가 생각나 모글리는 잠시 그 집 앞 나무 밑에 가 숨었다. 오두막 안에 어떤 사람들이 살고 있을지 몹시 궁금했다.

그때, 집 안에서 아기 울음소리와 함께 아이를 달래는 엄마의 목소리가 들렸다.

"자, 아가야. 이걸 먹어 보렴. 착하지, 우리 아기."

순간 모글리의 가슴이 무섭게 뛰었다. 그 소리는 틀림없는 메슈아 부인의 목소리였기 때문이다.

모글리는 저도 모르게 문을 열고 집 안으로 뛰어 들어갔다.

"메슈아 아주머니!"

"아니, 너는……. 용케 여길 찾아왔구나!"

메슈아 부인도 금방 모글리를 알아보고 달려와 어깨를 꽉 껴안았다. 그리고는 감동 어린 눈으로 모글리를 위아래로 훑어보며 중얼거렸다.

"어쩌면 세상에……. 그동안 이렇게 자라다니!"

헤어진 지 5년 만에 훌쩍 자라 돌아온 모글리가 메슈아 부인에게는 눈물이 나올 정도로 고맙고 대견스러울 뿐이었다. 물결처럼 출렁이는 긴 머리칼, 탄탄한 구릿빛 근육과 딱 벌어진 어깨…….

메슈아 부인은 다시 한 번 모글리를 안으며 이름을 정답게 불렀다.

"나토야, 아니 모글리라고 불러야 하나?"

"아니에요. 그냥 나토라고 불러 주세요. 저도 어쩐지 아주머니가 저를 낳아 주신 친어머니 같다는 생각이 들어요."

"정말이냐? 고맙다, 나토야."

"저도 고마워요, 어머니."

모글리의 입에서 어머니라는 말이 튀어나왔다.

막상 어머니라고 부르고 나니 좀 멋쩍은 생각이 들어 모글리는 메슈아 부인을 바로 쳐다보지 못했다.

모글리가 쑥스러워하는 것을 알고 부인은 화로 앞으로 가서 우유를 한 컵 데워 가지고 왔다.

"배가 고파 보이는구나. 자, 이걸 먹어라."

모글리는 우유를 마시면서 그동안의 소식을 물어보았다.

"참, 그때 카니와라로 간 뒤에는 어떻게 하셨어요?"

메슈아 부인은 아득한 눈이 되면서 그때 일을 담담하게 말했다.

"가는 즉시 관청을 찾아가 억울한 사정을 말했지. 그런데 높은 사람들이 늑장을 부리는 바람에 반년이나 지나서야 조사단이 옛 마을을 찾아갔단다. 그런데 글쎄 별일도 다 있지, 그동안에 마을이 밀림으로 변했다지 뭐냐."

모글리는 코끼리 하티와 함께 마을을 휩쓸던 때 일을 생각하고 말없이 웃었다.

메슈아 부인이 다시 말했다.

"가지고 온 돈도 다 떨어지고, 우리는 갈 곳이 없었단다. 그래서 이곳에 와 밭을 일구고 모든 것을 새로 시작했지. 열심히 일을 한 덕분에 이제는 아무 어려움 없이 살게 되었단다."

"그럼 아저씨는요?"

"그이는 힘들게 일만 하다가 그만 작년에 세상을 떠나셨단다."

"그럼 저 아이는 누구죠?"

모글리가 요람에서 혼자 놀고 있는 아이를 가리키자 메슈아 부인은 아이를 안고 와서 말했다.

"이곳에서 태어난 우리 아기란다. 이제 두 살이지. 네가 호랑이에게 물려 간 내 아들이 틀림없다면 이 아이는 네 동생이란다. 한 번 안아 보겠니?"

모글리는 생전 처음으로 사람의 아이를 안아 보았다. 늑대의 새끼들보다 조금 무거웠지만 다칠까 봐 조심스러워서 꽉 안을 수가 없었다.

아이는 조그만 손으로 모글리의 얼굴을 만지기도 하고 방긋방긋 눈웃음을 짓기도 했다. 그 웃음은 밀림의 동물에게서는 보지 못한 정답고 귀여운 웃음이었다. 그리고 얼굴에 와 닿는 보들보들한 손에서는, 이 아이가 '내 동생'이라는 친근감마저 느껴졌다.

밤이 되자, 메슈아 부인은 하나밖에 없는 침대를 모글리에게 내주었다.

"여기서 푹 자거라."

"아니에요. 전 바닥이 더 편해요."

모글리가 바닥에 쓰러져 잠이 들자 메슈아 부인은 조용히 담요를 덮어 주었다.

이튿날 늦게 잠이 깨자, 먼저 일어나 놀고 있던 아이가 뒤뚱뒤뚱 걸어와 모글리 품에 안기며 "엉아, 엉아" 하고 불렀다. 그 소리를 듣자 모글리의 가슴에 또 한 번 즐거운 감동이 물결쳤다.

그때였다. 아침 식사 준비를 하고 있던 메슈아 부인이 창문을 가리키며 놀란 소리로 외쳤다.

"어머나, 저기…… 저기…….."

모글리가 고개를 돌려 보니 잿빛 늑대가 창문으로 안을 들여다보고 있었다.

모글리는 벌떡 일어나 밖으로 뛰어나가며 메슈아 부인을 안심시켰다.

"어머니, 놀라지 마세요. 제 밀림의 친구예요."

"그렇구나. 하지만 나는 네 친구가 방 안에까지 들어오는 것은 원치 않는다."

"네. 알아요, 어머니."

모글리가 밖으로 달려 나가자 잿빛 늑대는 화가 난 눈으로 쏘아보았다.

"흥! 넌 이제 아주 사람으로 돌아왔구나. 사람의 아이를 안고 놀지를 않나, 사람 여자를 보고 어머니라고 부르지를 않나……. 너 정말 그럴 수 있는 거야?"

모글리는 잿빛 늑대가 화내는 이유를 알고 사과부터 했다.

"너희와 의논도 안 하고 여기까지 온 건 미안해. 사과할게. 그렇지만 오해는 말아 줘. 저 집의 여자는 바로 메슈아 아주머니야. 너희가 카니와라로 데려다 준……. 어제 너희를 찾다가 없어서 혼자 오다 보니 우연히 이 집으로 오게 되었어."

그러자 잿빛 늑대의 표정이 좀 누그러졌다.

"너를 낳아 준 친어머니일지 모른다는 여자 말이지?"

"그래. 그렇지만 너희 뜻을 무시하고 여기 머물지는 않겠어. 지금 당장 떠나도 좋아."

모글리는 잿빛 늑대를 밖에 세워 둔 채 다시 안으로 들어와 메슈아 부인에게 이해를 구했다.

"어머니, 아무래도 저는 다시 밀림으로 돌아가야 할까 봐요. 친구들이 기다리고 있어요."

메슈아 부인은 처음에는 펄쩍 뛰며 반대했지만 곧 모글리의 입장을 이해해 주었다.

"그래, 너는 너대로 사정이 있겠지. 그렇지만 언제든지 오고 싶으면 다시 오너라. 너를 위해 밤에도 문을 잠그지 않고 기다리마."

산으로 돌아오는 동안 모글리도 잿빛 늑대도 왠지 기분이 서먹하여 서로 한마디도 말을 나누지 않았다. 밀림에 돌아와서도 모글리는 거의 밖에 나가지 않고 굴 안에서만 지냈다.

잿빛 늑대는 마음이 초조했다. 사람의 마을로 간 모글리를 다시 데려오긴 했지만, 언제 다시 떠날지 알 수 없었다. 그래서 동료들을 찾아다니며 의논했다.

"얘들아, 큰일 났어. 모글리가 어쩌면 또 사람의 마을로 돌아갈지 몰라. 어떻게 하면 좋을까?"

다른 늑대들은 잿빛 늑대의 걱정을 대수롭지 않게 여겼다.

"그건 봄 때문이야. 계절이 바뀌면 모글리의 들뜬 마음도 가라앉을 거야."

잿빛 늑대는 할 수 없이 보름밤 회의에서 모글리의 문제를 의논하자고 부탁했다.

"그럼 보름밤 회의에 꼭 나와. 그때 모글리를 잡아 둘지 보내야 할지 결정을 내리자."

그러나 정작 보름밤이 되자 회의장에 나온 것은 모글리와 비단 구렁이 카, 곰 바루, 그리고 잿빛 늑대 4형제뿐이었다. 다른 늑대들은 물론 모글리와 가장 가까이 지내던 표범 바기라도 나오지 않았다.

잿빛 늑대는 실망을 감추지 못했다.

"그렇게 나와 달라고 부탁을 했건만……."

할 수 없이 모인 동료들만으로 회의를 할 수밖에 없었다. 먼저 카가 냉혈 동물답게 차갑고 분명한 목소리로 물었다.

"모글리, 너 정말 사람의 마을로 돌아갈 결심을 했니?"

모글리는 고개를 푹 숙이고 대답했다.

"나도 모르겠어. 그냥 속이 답답할 뿐이야. 지난번 마을에서 쫓겨난 뒤부터 사람을 싫어했는데, 요즘은 메슈아 아주머니와 어린 아이가 보고 싶어 잠도 못 잘 지경이야. 나도 내 마음을 잘 모르겠어. 차라리 죽어 버렸으면 좋겠어."

"대장이었던 아케라도 죽기 전에 너에게 마을로 돌아가라고 충고했다면서?"

모글리는 대답 대신 고개만 끄덕였다.

"그렇다면 긴말할 것도 없어. 나도 언젠가는 네가 사람의 마을로 돌아갈 거라고 생각했어. 왜냐하면 너는 사람이고, 따라서 네가 할 일은 따로 있으니까."

카의 말을 받아 바루도 찬성의 뜻을 비쳤다.

"나도 카와 같은 생각이야. 밀림이 너를 키워 준 것은 사실이지만 이제부터 네가 할 일은 따로 있어. 너는 마을로 내려가 메슈아 부인을 친어머니로 모시고 잘 공경해야 돼. 그것이 사람인 네가 할 일이야. 이것은 어릴 때 너를 가르친 스승으로서, 진심으로 하는 말이니까 새겨들어야 해."

듣고 있던 모글리는 더 참지 못하고 와락 울음을 터뜨렸다.

"흑흑……. 나는 여기를 떠나고 싶지 않아. 정말이야."

그러자 잿빛 늑대 형제들도 모글리에게 달려들어 눈물을 흘렸다. 맏형인 잿빛 늑대가 차분한 목소리로 말했다.

"모글리, 우리가 너를 보내고 싶지 않은 마음은 조금도 변함이 없어. 앞으로도 그 마음은 변치 않을 거야. 그렇지만 카와 바루의 말을 듣고 보니 너는 역시 사람의 마을로 돌아가는 게 순리일 것 같아. 그렇다고 너는 쫓겨나는 것이 아니니까 언제든지 오고 싶으면 와. 우리의 도움이 필요하면 연락하고. 네가 사람 마을로 가도 마음은 늘 우리와 함께 있다고 생각하면 조금 덜 섭섭해."

그때였다. 회의장에 나타나지 않았던 바기라가 바위 뒤에서 불쑥 고개를 내밀었다. 그의 눈은 벌써 축축이 젖어 있었다.

"나는 일부러 늦게 왔어. 일찍 오면 그만큼 눈물 흘리는 시간이 길어질 게 뻔하니까. 바위 뒤에서 너희가 하는 말을 다 들었는데,

나도 찬성이야. 모글리는 마을로 돌아가야 해. 모글리가 마을로 돌아가 우리와 인연을 끊지 않고 지낸다면 사람도 우리와 한 핏줄이 되는 게 아니겠어?"

"맞아, 맞아. 그러면 사람도 한 핏줄이 되는 거야. 늑대도 한 핏줄, 곰도 한 핏줄, 표범도 한 핏줄, 구렁이도 한 핏줄, 밀림과 마을도 한 핏줄⋯⋯."

카가 맞장구를 치며 길게 사설을 늘어놓는 바람에 무겁던 분위기가 한결 밝아졌다.

"자, 그럼 우리의 마음이 변하기 전에 어서 떠나. 나도 더 눈물을 흘리기 싫으니까."

바기라가 앞발로 모글리의 등을 떠밀었다. 카와 바루도 그러라고 눈짓을 했다.

마지못해 자리에서 일어난 모글리는 감정이 북받쳐 말을 할 수가 없었다. 그래서 동료들을 한 번씩 껴안는 것으로 작별 인사를 대신할 수밖에 없었다.

먼저 잿빛 늑대 형제들을 껴안고 이어서 바루, 바기라, 그리고 맨 마지막으로 카의 목덜미를 껴안았다. 그런 다음 돌아서서 뒤도 돌아보지 않고 메슈아 부인의 오두막집 쪽으로 달렸다.

하늘에 높이 뜬 달이 모글리의 반들거리는 어깨와 출렁이는 머리카락을 비추다가, 그마저 멀리 사라지자 산에는 슬픔에 찬 밀림만 남았다.

그 뒤로 세월이 자꾸 흘렀다.

와잉궁가강 상류 오두막에는 아주 잘생기고 건강한 청년이 늙은 어머니를 모시고 어린 동생과 함께 단란하게 살았다.

그가 아랫마을에 나타날 때면 사람들은 그 늠름하고 준수한 모습에 반해서 눈을 뗄 줄 몰랐다.

그는 카니와라의 관청에 취직해서 산림 감독 노릇도 하고, 철도 놓는 현장의 기사로도 일했다. 나중에는 마을의 어여쁜 처녀와 결혼했다는 소문도 들렸다.

그는 가끔 호랑이나 하이에나 같은 맹수를 잡는 사냥에도 나섰다. 그러나 사람에게 해를 끼치지 않는 작은 짐승이나 늑대, 곰, 표범, 뱀 같은 동물은 절대로 잡지 않았다. 그리고 다른 사냥꾼들에게도 그런 짐승은 잡지 말아 달라고 당부를 했다.

그러나 이 청년이 밀림에서 자란 '모글리'라는 사실을 아는 사람은 아무도 없었다. ❀

세계명작 시리즈와 함께 논리·논술 Level Up!

● 이해 능력 Level Up!

1. 『정글북』에 대하여 잘못 말한 것은 무엇일까요?

　　1) 영국의 소설가 러디어드 키플링이 지었다.

　　2) 주인공의 이름은 모글리다.

　　3) 작품의 배경은 영국의 시오니산이다.

　　4) 제목 정글북은 '밀림의 이야기'라는 뜻이다.

　　5) 밀림에서 벌어지는 인간과 동물 사이의 모험담이 중심 내용이다.

2. 다음은 정글북에 나오는 사건들입니다. 줄거리 순서대로 바르게 늘어놓은 것을 골라 보세요.

(가) 모글리가 시아칸의 가죽을 벗기다.

(나) 와잉궁가강의 강변에서 하이에나 떼와 대결전을 벌이다.

(다) 모글리가 원숭이들에게 납치되어 가다.

(라) 사람의 마을을 밀림으로 만들어 버리다.

(마) '붉은 꽃'으로 젊은 늑대들을 굴복시키다.

　1) (다)→(마)→(가)→(라)→(나)

　2) (가)→(다)→(라)→(나)→(마)

3) (마)→(라)→(다)→(나)→(가)

4) (라)→(마)→(가)→(다)→(나)

5) (가)→(나)→(다)→(라)→(마)

3. 다음은 모글리를 키워 준 엄마 늑대가 시아칸에게 한 말입니다. 이 말을 통해 알 수 있는 엄마 늑대의 성격은 어떤가요?

"흥, 당신이 밀림의 대왕이라고요? 그렇다면 나는 라쿠샤(밀림의 악마라는 뜻)예요. 이 아이가 우리를 찾아온 이상 절대로 당신에게 내줄 수 없어요. 내가 기를 거예요. 당신 같은 호랑이도 무서워하지 않는 밀림의 왕자로 키울 거라고요. 아셨죠? 알았으면 어서 돌아가세요."

1) 고집이 너무 세다.

2) 건방진 성격이다.

3) 정의롭고 의지가 강하다.

4) 겁이 많다.

5) 신경질을 잘 부린다.

4. 정글북에 나오는 다음 동물의 종류를 바르게 늘어놓은 것은?

(가) 아케라 (나) 타바키 (다) 시아칸 (라) 바루 (마) 바기라

(가)	(나)	(다)	(라)	(마)
1) 표범	늑대	곰	살쾡이	호랑이

2) 호랑이	늑대	살쾡이	표범	곰
3) 곰	호랑이	늑대	표범	살쾡이
4) 늑대	살쾡이	호랑이	곰	표범
5) 살쾡이	곰	호랑이	표범	늑대

5. 보름밤 회의에서 모글리를 살리는 데 결정적 역할을 한 동물과 그가 미끼로 내놓은 먹잇감을 서로 맞게 짝지어 놓은 것은 어느 것일까요?

1) 아케라-사슴   2) 타바키-물소

3) 바루-토끼   4) 바기라-황소

5) 파오-원숭이

6. 다음 글을 통해 알 수 있는 모글리의 성격은 어떤지 골라 보세요.

"흥, 아케라도 이제는 별수 없군."
"사슴 한 마리도 못 잡는 솜씨라면 대장 자리를 내놓아야지."
모글리는 당장에라도 뛰어가 아케라를 비웃는 놈들과 한판 승부를 벌이고 싶었지만 참았다.

1) 성격이 무척 급하다.   2) 바보스럽다.

3) 의리가 있고 참을성이 있다.   4) 비겁하다.

5) 싸우는 것을 좋아한다.

7. 밀림에서 질서와 예의를 지키지 않아 다른 동물들로부터 따돌림을 받은 동물은 무엇인가요?

   1) 곰   2) 원숭이   3) 표범   4) 코끼리   5) 솔개

8. 모글리가 첫 번째로 밀림을 떠나게 된 가장 큰 이유는 무엇인가요?

   1) 시아칸의 위협이 무서워서
   2) 엄마 늑대가 가지 말라고 잡지 않아서
   3) 젊은 늑대들의 배신에 실망해서
   4) 아케라의 보호를 받을 수 없게 되어서
   5) 갑자기 사람의 마을이 그리워져서

9. 다음은 모글리가 처음 사람의 마을에 내려와 적응할 때, 가장 이해하기 힘들다고 느낀 것입니다. ( ) 안에 들어갈 말을 골라 보세요.

   > 밀림에만 나가면 얼마든지 먹을 것을 구할 수 있는 모글리에게,
   > (   ) 물건을 산다든지, 아무것도 나오지 않는 (   )은
   > 정말 이해하기 힘들었다.

   1) 장사꾼에게서-땅을 파는 일
   2) 돈을 주고-땅을 파는 일
   3) 사람들에게 말을 걸어-땅에 거름을 주는 일
   4) 일을 하고-땅을 파는 일
   5) 다른 물건을 주고-산을 개간하는 일

10. 모글리가 메슈아 부인을 친어머니일지 모른다고 생각하게 된 결정적인 계기는 무엇이었을까요?

  1) 처음 마을에 내려왔을 때 메슈아 부인이 보여 준 친절
  2) 메슈아 부인이 마을을 떠나면서 얼굴을 비벼 줄 때 몸속으로 흐른 감동
  3) 메슈아 부인이 마을 사람들의 돌팔매를 막아 준 일
  4) 메슈아 부인의 아이가 "엉아, 엉아." 하고 부르면서 매달릴 때의 친근감
  5) 메슈아 부인과 아이가 보고 싶어 잠을 못 이룬 일

11. 다음 _____에 들어가야 할 가장 적당한 말은 무엇인가요?

아무리 밀림에서 단련된 모글리지만 _____한 높이 때문에 놈들을 뿌리치고 뛰어내릴 수가 없었다.

  1) 짜릿짜릿   2) 가물가물
  3) 쭈뼛쭈뼛   4) 아슬아슬
  5) 느글느글

※ 다음 글을 읽고 물음에 답하세요.

"이것 보게, 젊은 친구들. 자네들은 (ㄱ)도 없나? 저 털도 없는 개구리 같은 놈을 자네들은 똑바로 쳐다보지도 못한다면서? 늑대도 아니고 사람을 무리로 받아 준 게 잘못이지. 그놈을 그냥 두면 대장 자리까지 넘볼지 몰라. 그런 놈을 두고만 볼 작정인가?"

늑대들의 (ㄴ)을 건드려, 늑대들 스스로 모글리를 내쫓거나 죽여 버리게 하려는 술책이었다.

12. (ㄱ)과 (ㄴ)에 똑같이 들어갈 수 있는 말은 무엇일까요?

   1) 시기심   2) 자존심   3) 복수심

   4) 질투심   5) 증오심

13. 윗글에 나오는 대화는 그 내용으로 보아 누가 누구에게 한 말인가요?

   1) 시아칸이 늑대들에게   2) 아케라가 사슴들에게

   3) 바기라가 원숭이들에게   4) 타바키가 코끼리들에게

   5) 바루가 새들에게

14. 모글리가 하이에나 떼를 물리치는 걸 도운 동물은 무엇일까요?

   1) 본토라   2) 하티   3) 카   4) 티루   5) 파오

※ 다음 글을 읽고 물음에 답하세요.

> (가) 막상 어머니라고 부르고 나니 좀 멋쩍은 생각이 들어 모글리는 메슈아 부인을 바로 쳐다보지 못했다.
>
> (나) 타바키는 한 발짝 뒤로 물러서며 여전히 능글맞은 눈으로 아빠 늑대를 바라보았다.
>
> 윗글 (가)의 '멋쩍은'은 마음의 상태를 나타내는 말이고, (나)의 '능글맞은'은 행동의 모양을 나타내는 말이다.

15. 다음 중 (가)의 '멋쩍은'과 같은 성격의 말은 무엇일까요?

   1) 뾰로통한   2) 게걸스러운   3) 새침한
   4) 계면쩍은   5) 짓궂은

16. 다음 중 (나)의 '능글맞은'과 비슷한 성격의 말은 무엇일까요?

   1) 허전한   2) 언짢은   3) 얼떨떨한
   4) 아쉬운   5) 능청스러운

● 논리 능력 Level Up!

1. 모글리가 원숭이들에게 납치되어 간 곳은 어디일까요?

2. 코끼리가 초식 동물들에게 퍼뜨린 헛소문은 무엇일까요?

3. 모글리가 하이에나 대장을 더욱 화나게 만든 방법은 무엇일까요?

_____

4. 모글리가 하이에나 떼를 빠뜨린 강 이름은 무엇일까요?

_____

5. 모글리가 시아칸을 공격할 때 이용한 동물은 무엇일까요?

_____

6. '모글리'라는 말의 뜻은 무엇인가요?

_____

7. 다음 글을 잘 읽고 사냥꾼 브르데오 영감의 성격에 대해서 써 보
세요.

> 브르데오 영감은 호랑이와 모글리를 번갈아 바라보면서 속으로 무엇을 생각하는 눈치였다. 그러더니 갑자기 친절해지면서 모글리의 손에서 칼을 빼앗으려고 했다.
> "얘야, 너같이 어린아이가 이 큰 호랑이 가죽을 어떻게 벗긴단 말이냐? 이리 내놔라. 가죽은 벗겨서 내가 가져가마. 대신 현상금을 타면 너에게도 1루피를 주마."
> 사실은 시아칸의 피해가 너무 커서 관청에서도 그놈을 잡는 사람에게 100루피를 주겠다고 현상금을 걸어 놓고 있었던 것이다.

_____

_____

● 논술 능력 Level Up!

1. 정글북에 나오는 원숭이들은 다른 동물들로부터 멸시를 당합니다. 늑대의 모둠살이와 비교해 그 이유를 설명해 보세요.

2. 다음 글을 읽고 인도의 옛 풍습을 사람의 기본 권리인 '인권'과 연결해 비판해 보세요.

    어느 날, 밖에 나갔던 모글리는 당나귀가 끄는 수레가 진흙탕에 빠져 허덕거리는 것을 보았다. 얼른 달려가 마차꾼을 도와 수레를 꺼내 주었더니 마을에 난리가 났다. 인도에는 사람을 네 계급으로 나누어 차별하는 제도가 있었다. 그 제도에 따르면, 당나귀를 끄는 사람은 그중에서도 제일 낮은 천민 계급이었다. 천민 계급 사람들과는 말을 해서도 안 되고, 무슨 일을 도와주어서도 안 되는 것이 마을의 규칙이었다.

3. 다음은 타바키에 대한 설명입니다. 다음 글을 읽고 만일 우리 주변에 그런 행동을 하는 사람이 있다면 그런 사람을 어떻게 대해야 할지 자신의 생각을 써 보세요.

4. 정글북에 나오는 젊은 늑대들은 힘 안 들이고 먹잇감을 얻어먹는 재미에 끌려 자기들의 대장을 내쫓고 힘센 호랑이에게 의지하려고 했습니다. 이런 태도가 왜 나쁜지 비판해 보세요.

5. 모글리가 시아칸을 공격할 때 '마른 계곡' 안에서 자고 있는 그를 깨운 이유가 무엇일까요? 자고 있을 때 공격하면 승리하기 쉬울 텐데 일부러 깨운 까닭을 인간 사회의 분쟁과 연결해 설명해 보세요.

6. 다음 글은 사람의 마을에 갔다 온 모글리가 메슈아 부인으로부터 사랑을 받았다는 말을 듣고 엄마 늑대가 보인 반응을 묘사한 부분입니다. 책 내용 전체로 보아 엄마 늑대가 서먹해진 이유가 무엇일지 생각해 보세요.

> "그랬구나. 사람들 중에도 너를 친자식처럼 돌봐 준 분이 있었다니 정말 고맙구나."
> 그러면서도 엄마 늑대는 왠지 서운한 표정을 지었다.

7. 다음 글은 하이에나와의 싸움이 끝난 뒤에 아케라가 한 말입니다.
이렇게 말할 수 있는 마음은 어디서 오는 것일지 생각해 보세요.

> "나를 위로하려고 애쓰지 마. 나는 지금 아주 행복해. 많은 대장들이
> 부하에게 물려 죽는 것에 비하면, 싸움터에서 적을 물리치고 죽을 수 있
> 다는 것은 얼마나 명예로운 일인지 몰라. 늑대에게 이런 기회는 쉽게 오
> 는 게 아니야."

풀이

이해 능력 Level Up!

1. 3)	2. 1)	3. 3)	4. 4)	5. 4)
6. 3)	7. 2)	8. 3)	9. 2)	10. 2)
11. 4)	12. 2)	13. 1)	14. 3)	15. 4)

16. 5)

논리 능력 Level Up!

1. 왕궁
2. 곧 가뭄이 들어 풀 한 포기 남지 않을 거라고 했다.
3. 꼬리 끝의 털 뭉치를 싹둑 잘라 버렸다.
4. 와잉궁가강
5. 물소
6. 개구리
7. 무척 욕심이 많고 다른 사람에게 인색한 사람이다.

논술 능력 Level Up!

1. 예시 : 늑대들은 남의 사냥터에 들어갈 때 반드시 허락을 받고, 동
   료를 만났을 때는 암호로 인사를 나누는가 하면, 대장 밑에서 일정

한 규칙과 예의를 지키며 살아간다. 그에 비해 원숭이들은 예의를 지킬 줄 모르고, 규칙도 없으며, 행동이 제멋대로다. 사람이나 짐승이나 여럿이 모여 무리를 이루고 살아갈 때는 그 사회가 정한 규범과 예의를 지키며 살아야 한다. 그렇지 않으면 질서가 깨져 혼란이 오기 때문이다. 원숭이들은 그런 질서나 예의 규범을 모르기 때문에 멸시를 받는 것이다.

2. 예시 : 사람은 누구나 자유와 평등을 누릴 권리가 있다. 이것이 인권이다. 그런데 이런 인권 사상이 발달하지 않았던 옛날에는 힘센 나라가 약한 나라를, 권력 가진 사람이 힘없는 백성을 함부로 억누르고 탄압하는 일이 흔히 있었다. 고대 인도의 계급 제도도 이런 것 중의 하나다. 그러나 오늘날처럼 자유와 평등에 대한 인식이 높아진 시대에는 그런 일이 있을 수도 없고 있어서도 안 된다. 그런데도 아직 세계 곳곳에서는 인권을 부당하게 침해하는 일이 일어나고 있어 문제가 되고 있다. 피부 색깔이 다르다는 이유로, 또는 종교가 다르다는 이유로, 또는 독재자의 횡포 때문에 많은 사람들이 신음하고 있는 것이 그 예다. 우리나라에서도, 우리보다 가난한 외국인 노동자를 차별 대우하는 일이 있어 다른 나라 사람들로부터 비난받는 일이 있었다. 그러나 이것은 하루속히 버려야 할 나쁜 풍조다. 내가 다른 사람을 무시하면 다른 사람도 나를 무시한다는 것을 알고, 항상 남의 인권을 존중하는 태도를 가져야 한다. 그것이 오늘날처럼 인류가 한 가족으로 살아가는 시대에 진정한 세계인이 되는 길이기도 하다.

3. 예시 : 타바키와 같은 생활 태도를 가진 사람은 그 어느 곳에서도 환영받지 못할 것이다. 스스로 먹잇감을 해결하지 못하는 게으름뱅이인데다 자존심도 없고 주체성도 없다. 그러면서도 강자에게 빌붙어 위세를 부리는 교활한 성격도 가지고 있다. 만일 이런 사람이 주변에 있다면 일단은 성실하게 살라고 충고해 주는 것이 도리일 것이다. 그러나 아무리 노력해도 버릇을 고치지 않을 때에는 결국 밀림의 동물들처럼 외면하고 지내는 수밖에 없지 않을까?

4. 예시 : 젊은 늑대들은 우선 정신 자세가 잘못되었다. 그들은 젊기 때문에 얼마든지 먹잇감을 구할 수 있는데도 편하게 살고 싶은 욕심 때문에 호랑이 같은 강자에게 의지하려고 했다. 그렇게 하면 당장은 편해서 좋겠지만 나중에는 호랑이에게 진 신세 때문에 그의 말을 듣지 않을 수 없게 되고, 그러다 보면 결국 호랑이의 노예로 떨어질 수밖에 없게 될 것이다. 이것은 단순한 동물의 이야기지만 만일 사람이 그런 태도로 산다면 그것은 스스로 자유를 포기하고 노예가 되는 꼴이기 때문에 절대로 있어서는 안 될 일이다. 한순간의 편안함 때문에 스스로 생각하고 행동할 수 있는 자주적인 권리를 잃는다는 것은 바보 같은 일이기 때문이다.

5. 예시 : 모글리가 시아칸을 깨운 까닭은, 잠자는 적을 공격하는 것이 밀림의 규범에 어긋나기 때문이다. 즉 아무리 미운 적이라도 아무 준비가 되어 있지 않은 적을 일방적으로 공격하는 것은 비겁한 짓이라고 본 것이다. 인간 사회의 분쟁에서도 이런 규범은 당연히

지켜져야 한다. 그래서 과거 유럽 사회에서는 분쟁이 있을 때 미리 결투를 신청해서 정정당당하게 싸우는 풍습이 있었다. 그런데 세상이 점점 험악해지면서 요즘은 아무런 예고 없이 상대방을 공격하는 일이 많아졌다. 이것이 바로 테러라는 것이다. 테러는 떳떳하지 않은 방법으로 상대방의 뒤에서 공격하는 짓이기 때문에 문명 사회에서는 영원히 사라져야 할 나쁜 행위다. 그런 비겁한 행동이 없어져야 이 세상은 평화로워질 것이고 힘없는 사람들이 잘살 수 있을 것이다.

6. 예시 : 엄마 늑대는 모글리가 어렸을 때부터 젖을 먹여 길러 준 엄마다. 비록 동물이지만 그만큼 정이 깊이 들었을 것이다. 그런데 사람의 마을에도 모글리를 친자식처럼 돌봐 준 분이 있다니 불안한 마음이 들었을 것이다. 만일 그 여자가 모글리를 낳아 준 친엄마라면 사랑하는 모글리를 그에게 빼앗길지도 모르기 때문이다. 더구나 그 여자는 사람이고 자기는 짐승이기 때문에 불안감이 더 컸을 것이다. 그래서 그 여자에게 고마움을 느끼면서도 한편으로는 불안하고 서운한 마음이 들어서 그런 표정을 지을 수밖에 없었을 것이다.

7. 예시 : 아케라가 죽으면서도 행복감을 느낀 것은 명예심을 충족시켰기 때문이다. 늑대 사회에서 늙은 대장은 젊은 부하에게 물려 죽는 것이 옛날부터 행해지던 일인데, 아케라는 전쟁터에서 자기 무리를 위해 싸우다가 죽게 되었으니 얼마나 명예로운 일인가.

명예란 원래 사람만이 가진 고귀한 욕구라고 한다. 아무리 가난해도 남에게 구걸하거나 도둑질하는 것을 부끄럽게 여기는 것도 명예를 중시하는 마음이 있기 때문이다. 이런 가치관이 있기 때문에 사람은 더 높은 명예를 얻기 위하여 노력하고, 그 결과로 더 큰 발전과 훌륭한 문화도 이룩되는 것이다. 이 작품은 동물을 의인화하였기 때문에 늑대 대장을 통해 명예의 중요성을 그리고 있지만, 만일 사람으로서 명예를 하찮게 여기는 사람이 있다면 그는 짐승만도 못하다고 사람들로부터 비난받아 마땅할 것이다.

초등학생이 꼭 읽어야 할 세계 명작 시리즈